L’ombre du rebelle

Hamid Larbi

L'ombre du rebelle

Roman

LE LYS BLEU
ÉDITIONS

ISBN : 979-10-422-2025-9

1

— Nazim, mon fils, tu me déçois ! Je me réjouissais d'avoir bientôt un compagnon à mes côtés ; j'espérais que, le temps aidant, je te montrerais le bon chemin, celui que nos parents nous ont tracé. Or, je m'aperçois que tu délaisses de plus en plus nos règles et nos traditions.

— Père, pardonne-moi si je te cause autant de peine. Crois-moi, je m'efforce au contraire de toujours suivre tes conseils et ceux de mère. Vous êtes les deux êtres que je chéris le plus au monde. Me crois-tu égoïste au point de me détourner de vous ?

— Tu as la langue bien pendue, Nazim. Malheur à ceux qui écoutent tes paroles séduisantes et mielleuses ! Malgré ton jeune âge, tes discours enivreraient un vieillard ! En vérité, on t'a seulement appris à parler pour ne rien dire et à te servir des gens en leur prodiguant des compliments.

— Grâce à mon éducation, il est naturel que je parle mieux que nos employés, père. J'espère d'ailleurs m'améliorer encore quand je serai un peu plus cultivé.

— Je n'ai que faire de tes beaux discours ! Je suis mortifié à l'idée que, contrairement à moi, mes voisins reçoivent toute l'aide nécessaire de la part de leurs fils. Ils s'intéressent aux travaux, ils ne craignent pas de manier les engins agricoles ni le tracteur ; ils peuvent en même temps surveiller le bétail et le personnel. J'ai l'impression d'avoir enfanté un perroquet uniquement capable de bavardages inutiles.

— Tu es injuste à mon égard, père. Je ne peux pas être à la fois bon étudiant et bon paysan. Il faut savoir choisir…

— Encore une fois, qu'en ai-je à faire de tes études ? Crois-tu pouvoir faire pousser du blé en papotant à tort et à travers et en citant à la ronde les belles formules puisées dans tes livres ? J'ai besoin de bras solides, moi ! Un fils qui me remplace quand je m'absente, qui me soulage et me seconde lors de besognes devenues trop épuisantes. Je suis seul, tu comprends ça ? Je dois avoir l'œil à tout, me lever le premier, me coucher le dernier. Je comptais sur toi pour montrer le chemin à tes frères. En réalité, j'ai à mes côtés un fils élégant et intelligent, certes, mais un garçon pompeux qui ne veut rien faire comme nous. Ah ! Comme je m'en veux d'avoir écouté ceux qui me conseillaient de t'envoyer à l'école !

— Le savoir est un devoir auquel doit se soumettre tout être humain, père. L'ange Gabriel n'a-t-il pas ordonné au Prophète de *lire, lire et lire* ? Ce dernier n'a-t-il pas recommandé ensuite aux musulmans d'aller chercher ce savoir, même jusqu'en Chine ?

— Par contre, le prophète n'a jamais ordonné à quiconque d'abandonner la terre ni de rechigner aux nobles tâches paysannes. Cesse de discuter, Nazim ! Tu n'es qu'un raté. Tu abandonnes la proie pour l'ombre et, un jour, tu le regretteras. Ce que tu appelles le savoir n'apporte rien dans ta poche. Cite-moi une seule personne qui se soit enrichie par le biais de son savoir ou de son art !

— Tu es très perspicace, père. Tu verras : je ferai de bonnes études et, après avoir suffisamment appris, je reviendrai prendre la direction de la ferme. Quoi que tu dises, tu es encore jeune et en bonne santé. D'ailleurs, Dieu bénit ton activité puisque ton patrimoine s'agrandit sans cesse !

— Lèche-bottes ! répondit son père avec un large sourire. Je plains les malheureux qui subiront tes boniments !

— Papa, s'il te plaît, ne te plains pas ! Si tu réussis aussi bien, c'est peut-être grâce à moi. Qui sait... ? Grâce aux connaissances que je vais continuer d'acquérir, je ne parviendrai peut-être à une haute destinée. D'ailleurs, si je ne m'abuse, le prophète accorde une plus grande valeur aux savants qu'aux hommes vertueux.

— Assez ! Je ne comprends rien à ton charabia et tu me fais perdre un temps précieux. À présent, va-t'en !

Nazim embrassa respectueusement la main de son père, s'inclina et la posa sur son front. Puis, il se retira discrètement.

Désormais seul, le père Volkan ne put s'empêcher d'éprouver une profonde admiration pour son fils. Il s'émerveillait devant la vivacité d'esprit de son garçon, il appréciait ses qualités. Au fond de son cœur, il voyait en Nazim ce qu'il aurait lui-même voulu être. Lui qui n'avait jamais su ni lire ni écrire, se flattait d'avoir un fils capable de parler comme un érudit, un fils pour qui les livres semblaient n'avoir aucun secret. Il s'estimait favorisé par le destin, car son fils lui permettrait d'entrer enfin dans la haute société turque. Une place était d'ores et déjà réservée pour son fils dans le domaine des bienheureux, sa culture et son savoir lui permettraient bientôt de côtoyer les plus hauts dignitaires de son pays.

Il redressa fièrement le buste puis, dans un immense élan de ferveur, il leva les yeux au ciel et pria son créateur de ne pas lui tenir rigueur des propos qu'il avait tenus à l'égard de son fils. Au contraire, il le supplia d'accorder longue vie et amour à Nazim, afin que celui-ci devienne à son tour un homme plein d'attachement et de partage.

Satisfait de sa démarche, Volkan se leva et enfila ses chaussures rangées au bord de la natte. Puis, il entama résolument cette nouvelle journée de labeur et d'inspection.

Étant donné son esprit positif et son honnêteté innée, le père Volkan n'était pas tendre avec les siens, et moins encore avec ses employés. La moindre imperfection, la moindre paresse au travail, le plus petit écart de conduite, tout cela lui était insupportable. Élevé dans les principes d'une morale simple, mais dure, il pensait que tout le monde devait suivre le même chemin que lui. Comme il était dur avec lui-même, il exigeait le maximum d'efforts de la part de ceux qu'il faisait vivre.

Volkan était un homme de la terre, descendant d'une famille de petit-bourgeois terriens cantonnés depuis des siècles dans la vie des champs. Il n'avait jamais cherché à étendre son horizon intellectuel et ne se serait jamais permis de transgresser les traditions ancestrales. Il aimait la terre avec passion, il lui consacrait toute son attention, il la traitait généreusement et ne concevait pas d'autres richesses que celles tirées de son labeur de paysan. Cet homme expérimenté décelait au premier regard, chez ses employés, le plus insignifiant défaut dans leur manière de cultiver, ou encore la plus petite négligence dans leur façon d'entretenir l'équipement et le cheptel. Au moindre écart, il s'emportait, s'agitait, allant parfois même jusqu'à faire preuve de brutalité. Pourtant, ses employés lui pardonnaient sa tyrannie, car durant les moments de repos, il devenait le patron le plus généreux et le plus accueillant de toute la région.

Sa richesse, une santé à toute épreuve et surtout sa force démontraient à ceux qui le côtoyaient, la puissance d'un homme pleinement épanoui. Âgé d'une quarantaine d'années, aussi bien équilibrées physiquement que moralement, Volkan inspirait la sympathie. Sa figure ronde aux joues burinées par les saisons et ses traits énergiques inspiraient le respect. Il avait le regard franc des hommes qui ne savent pas voiler leurs états d'âme et une épaisse moustache, qu'il recourbait avec soin. Enfin, avec son collier de barbe noire peu fournie, il avait vraiment l'allure du paysan classique.

Ses revenus lui permettaient la tenue recherchée des petits nobles : *caftan* de riche ainsi qu'un *fez* rouge. De grosses bottes noires et une *soutane* pour ses tournées champêtres étaient toujours suspendues dans le vestibule de la maison du maître. Ces gens aimaient mieux le voir paré bourgeoisement que dans sa tenue de travail, car Volkan savait se dédoubler, être le maître intraitable sous le *gomlek* avec son *saroule* et l'homme aimable dans ses « habits de ville ». Ces gens adaptaient soigneusement leurs attitudes aux costumes qu'il portait.

Avant de quitter la maison, il vérifiait la quantité de provisions disponibles, évaluait les besoins alimentaires du jour et calculait le nombre de repas à envoyer aux champs. Il ordonnait alors d'exposer les couvertures au soleil et de laver les pièces à grandes eaux, puis il se rendait dans les écuries et les remises, où il se faisait présenter les bêtes et le matériel disponible. Il s'asseyait sur un banc de pierre, d'où il désignait aux garçons les animaux ou les pièces qu'il désirait voir. Cet examen achevé, il passait dans les loges des ouvriers et s'assurait que ces derniers avaient scrupuleusement respecté ses recommandations en matière d'hygiène. Il faisait enlever le fumier oublié çà et là, et jeter de l'eau sur la poussière. Ce cérémonial suscitait l'admiration craintive d'un gamin qu'il distrayait souvent par quelques histoires vieilles comme le monde, mais auxquelles son imagination toujours en éveil donnait chaque matin une saveur nouvelle.

Il sautait alors sur un cheval que l'on venait de seller et s'en allait surprendre son personnel à l'ouvrage. Gare à ceux qu'il prenait en défaut ou qui n'effectuaient pas correctement leur tâche ! Ces visites-surprises duraient généralement peu de temps lorsque tout allait bien, mais n'en finissaient plus en cas de contrariété. Le maître descendait aussitôt de cheval, saisissait l'outil ou le mancheron de la charrue et montrait à ses hommes les mille et une manières du *travailleur consciencieux*. Il aimait ce mot, qu'il servait copieusement à ses ouvriers.

Un après-midi, comme il quittait la ferme, Volkan aperçut Nazim, assis sous un arbre. Son fils, vêtu d'une blouse noire et nu-tête, était plongé dans la lecture d'un volumineux ouvrage.

Il arrêta son cheval suffisamment près du jeune homme pour l'entendre déclamer à haute voix et dans un langage mystérieux pour lui, ce qu'il lisait. Il contempla un long moment la fine silhouette de son fils, sa tête aux traits intelligents, ses cheveux naturellement bouclés et soigneusement entretenus. L'ovale parfait de sa figure, qu'il tenait de sa mère, reflétait à la fois la bonté et la franchise, et dégageait une énergie à toute épreuve. Ses yeux marron, extraordinairement expressifs, suscitaient l'admiration de ses camarades qui voyaient là, matière à d'enviables succès féminins. Ses lèvres charnues, toujours prêtes à sourire, laissaient entrevoir de magnifiques dents blanches. Ce corps élancé, ces membres bien noués, il avait hérité des qualités physiques de son père, mais avec encore plus d'élégance, plus de finesse, plus d'harmonie dans les formes.

« Il est beau, mon fils ! » se dit Volkan. Il lança alors au jeune homme sa boutade habituelle :

— Tes congénères sont au travail dans les champs et toi, tu te farcis la tête avec des futilités !

— Bon voyage, père ! Ton intelligence est si grande, ton activité est si débordante qu'il serait présomptueux de vouloir te seconder, rétorqua spontanément, Nazim.

Le père accueillit avec plaisir cette nouvelle flatterie et en éprouva une fierté bien légitime : « Nazim ira loin, songea-t-il. Il a le don de la repartie. Quelle réplique ! Il sait à la fois résumer sa pensée et l'embellir avec des fleurs. Coïncidence bizarre ! Nazim, l'homme aux fleurs… Sa vue, comme ses propos reposent l'esprit et élèvent l'âme. Il m'est désormais difficile de douter des prophéties des voyants et des devins. Que la destinée de Nazim s'accomplisse ! »

À ce moment, Volkan abandonna la bride sur le cou de son cheval et se rappela l'époque où il était jeune marié. C'est vrai qu'il adorait sa femme Alev. Issue d'une des meilleures familles de la région, elle inspirait l'amour par sa beauté, et le respect par ses qualités. Hélas ! Leur bonheur s'était peu à peu obscurci : mariée depuis trois ans, Alev ne lui avait pas encore donné d'enfants et Volkan commençait à croire que leur union n'était pas bénie. Le cœur ulcéré, il avait même songé à prendre une deuxième épouse.

Or, rentrant un jour à l'improviste, il trouva sa femme en compagnie d'une devineresse. Par amour pour Alev, il avait renoncé à toute relation. Il redoutait surtout le contact des femmes extérieures à la ferme. Il avait une sainte horreur de ces matrones qui marchandaient soieries ou drogueries, et qui n'étaient souvent que de complaisantes entremetteuses. Par conséquent, il se fâcha et mit la devineresse à la porte, ignorant qu'elle avait obtenu un important cadeau.

Le soir, quand il retrouva son épouse, il avait toujours la mine aussi renfrognée. Pourtant, sa mauvaise humeur n'eut pas raison du sourire angélique ni des manières enjouées d'Alev.

Bien que surpris, Volkan joua les irréductibles. Alors, Alev posa son regard dans le sien et lui dit doucement :

— C'est la devineresse qui te met dans cet état, n'est-ce pas ? Pourtant, nous devrions être heureux, car c'est Dieu qui nous l'envoie. Devine ce qu'elle m'a prédit ? Eh bien ! J'aurai un fils d'ici un an et que nous devrons l'appeler Nazim si nous voulons le garder.

Volkan, qui s'était contenu jusque-là, explosa. Il traita carrément sa compagne de pauvre naïve et de mécréante, elle qui avait accepté l'idée qu'il n'existait pas qu'un seul Dieu.

Or, quatre mois plus tard, profitant de la bonne humeur de son mari cette nuit-là, Alev posa un doigt sur son ventre et dit :

— Nazim est là !

À ces mots, Volkan ressentit un véritable choc. Puis, au frisson qui parcourait son corps, succéda à une sorte d'anéantissement voluptueux. Il finit par se ressaisir et admit sans grande conviction que Dieu était seul maître de ce secret et qu'il était peut-être dangereux de préjuger ainsi des décisions de la providence.

À partir de ce jour, son attitude à l'égard de sa femme changea du tout au tout. Il devint plus avenant, plus caressant, plus attentif, au point qu'Alev crut avoir retrouvé la fraîcheur des premiers mois de leur mariage. La pauvre femme qui avait deviné les intentions de son mari après ces longs mois de stérilité, était aux anges et ne savait comment lui manifester son bonheur. Pour maintenir cette grâce, elle avait redoublé de générosité envers tous ceux qui l'entouraient, parents ou domestiques de la ferme.

De son côté, libéré de ses anciennes inquiétudes, Volkan avait définitivement renoncé au projet de se remarier. Il appréciait la frénésie qu'elle mettait dans ses actes de charité, sa persévérante volonté à forcer la sympathie des personnes autour d'elle, mais il se gardait bien de lui en faire la remarque. Il estimait que si le bonheur ne peut s'acheter, la fortune sourit aux audacieux.

Après les moissons, toute la ferme prit ses dispositions pour recevoir dignement l'héritier, car Alev croyait aveuglément aux prédictions de la devineresse : elle attendait un fils et rien ne pouvait ébranler cette conviction, qu'elle réussissait même à faire inculquer à ses parents et à ses connaissances. De plus, au teint de sa peau, à la vivacité de son regard et devant sa gaieté constante, les accoucheuses les plus expertes avaient affirmé que ce serait un garçon !

Volkan dormait auprès d'Alev quand cette dernière ressentit ses premières contractions. Il quitta aussitôt la chambre pour laisser la place aux autres femmes. Une dizaine de femmes entouraient son épouse. Chacune voulait la traiter à sa manière, mais la sage-femme arrivée à la hâte écarta les importunes. Dehors, les hommes glissaient dans la pénombre et partageaient leurs impressions. Metin, le contremaître, ordonna à sa femme de le prévenir sitôt que la chose serait faite, puis il chargea consciencieusement son fusil de chasse.

Volkan eut d'abord envie de se rendre au village pour tromper son impatience, mais l'inquiétude lui fit rebrousser chemin. Il se mit alors à rôder autour de la ferme, en proie à une grosse agitation. Il s'en approchait en essayant de passer inaperçu, s'en éloignait dès qu'il entendait des cris. La ferme entière respectait son isolement. La bouche sèche et trépidante d'impatience, il errait comme un lion en cage.

L'affaire s'éternisait au point que, par moments, l'impatience de Volkan se transformait presque en révolte. L'obscurité lui semblait triste et sa position lui était insupportable. Il n'osait rentrer, de crainte que son personnel aperçoive son agitation. Finalement, on vint le prévenir que le dîner venait de lui être servi, mais il n'y toucha pas.

Longtemps après minuit, épuisé et les nerfs à fleur de peau, il s'en alla se reposer un instant sur un banc en bois. Accoudé à une caisse, le menton dans le creux de la main, il s'assoupit et rêva qu'Aylan, l'un de ses ouvriers, lui présentait un beau cheval richement harnaché en lui disant : « Maître, Monsieur Özdemir, le chef de la grande *zaviye*[1], t'envoie ce cadeau ! »

Volkan se réveilla brusquement et se redressa pour reprendre ses esprits. Alors, un large sourire illumina son visage et il dit à haute voix :

— Comme heureux présage, je ne puis avoir mieux. Louange à Dieu qui élève qui il veut et abaisse qui il veut ! Je crois qu'Alev avait raison : après tant de signes favorables, si elle accouchait d'une fille, il y aurait de quoi douter à jamais des rêves, des voyants, et de tous les saints de la création !

[1] Un édifice religieux musulman qui constitue le centre autour duquel une confrérie soufie se structure.

Il fit quelques pas dans la cour, s'approcha de la chambre et tendit l'oreille, mais ne perçut rien de spécial. Alors, il se rassit, mais, cette fois, il ne put se rendormir, l'esprit enivré par les mille projets des fêtes à organiser, si le cheval du rêve arrivait réellement.

Lorsque l'aube commença à blanchir le mur d'une remise en face de lui, il se leva, s'avança vers l'astre du jour, mais s'arrêta presque aussitôt en frémissant. Pour la première fois, l'idée qu'un danger pouvait menacer sa femme lui traversa l'esprit. Une légère sueur perla sur son visage.

À ce moment précis, une détonation déchira le silence de la nuit et se répercuta en échos à travers la vallée. Volkan comprit le message et, tremblant d'émotion, il regagna le vestibule. Ses vœux étaient enfin exaucés, la lignée des Volkan ne s'éteindrait pas. Sa vie avait désormais un but : son fils et ceux qui viendraient après lui.

On vint effectivement lui annoncer la bonne nouvelle. Il répondit tranquillement qu'il avait réservé une prime à l'auteur du coup de feu. Déjà, la grande casserole était sur le feu : il y aurait du café turc à profusion pour tout le monde et du pain *pide* qu'Aylan était allé chercher au village Kayaköy. Le nouveau père savoura bientôt une tasse de café turc bien fort.

L'usage interdit au père de pénétrer dans la chambre de la femme en couches. Volkan respecta cette coutume puis, après avoir procédé à une grande toilette, il se rendit à la mosquée pour adresser au créateur la prière du matin.

Le jour se levait. Sur les montagnes à l'est de la vallée de Taurus, les flancs boisés restaient chargés d'ombre et d'harmonies imperceptibles. La blancheur ténue des horizons lointains s'étalait en une nappe diffuse sur la sombre profondeur du ciel. Les étoiles avaient disparu. En bas, dans la vallée, Kayaköy continuait son invisible course dans une sorte de chuchotement fait de regrets que les hommes ne comprennent pas. Les grenouilles avaient cessé leur bruyant concert.

Dans le silence qui enveloppait la colline, un silence comparable à celui qui précède la naissance des grandes choses, rien de palpable, si ce n'est le frisson des chardons bleus courbant leur tête sous l'exaltante brise du matin. La fragrance de la terre qui s'éveille se mêlait aux senteurs de la menthe sauvage et, dans la profondeur des buissons, le chacal lançait un dernier hurlement avant de regagner sa tanière.

Des rougeurs montaient à l'Ouest et l'on commençait à distinguer le paysage. Dans le bosquet entourant la ferme, une hirondelle dédiait son premier cri au jour naissant. S'ensuivit une cascade de cris mal assurés, des galipettes, triées de fausses notes, prélude à la symphonie claire et vibrante qui allait éclater comme un premier hommage à la vie. La rivière elle-même avait cessé de murmurer.

Des écuries d'où s'échappait l'odeur chaude du fumier, la plus belle vache du troupeau poussa un long beuglement. Un premier rayon vint frapper les monts de l'Ouest. La crête rogue prit une teinte rosâtre et, sur les arêtes schisteuses, naquirent des milliers de diamants. La lumière jaillissait jusqu'à la lisière sombre de la grande forêt de chênes et une brume violette voilait le contour des choses.

Le soleil resplendissait maintenant au-dessus de la vallée, mais les côtes de l'Est restaient noyées dans une ombre bleutée. Dans les bas-fonds, les oliviers hochaient lentement leurs têtes imposantes et leurs feuilles argentées frissonnaient au souffle léger. On n'entendait plus le chant mélancolique et doux de la rivière. À à sa place, coulait maintenant, entre les rives bordées de lauriers-roses, un large ruban d'une clarté aveuglante.

La région découvrait sa splendeur. La monotonie exaspérante des grands espaces de la vallée avait disparu. À présent, le regard percevait à chaque instant le détail qui révèle la beauté dans l'émotion des quintessences.

Volkan avait beau être un rustre, il sentait vibrer en lui un sentiment étrange pendant que son regard parcourait ces lieux bouleversés. Il ouvrait alors largement ses poumons à l'air du matin et poussait un profond soupir en murmurant : « Merci Dieu ! »

Après la prière de l'aube, puis celle de l'aurore, il s'assit en tailleur, ferma les yeux et goûta avec délice ces instants de bonheur. Il revint ensuite à la maison afin de procéder au sacrifice du mouton destiné au grand festin. Une fête encore plus grande aurait lieu la semaine suivante pour les amis du village.

Le troisième jour après son accouchement, rompant avec les coutumes, Alev pria le personnel à son service de quitter sa chambre et fit appeler son mari. Volkan se précipita, croyant son épouse malade, mais la jeune maman lui adressa le sourire le plus radieux et l'accueillit avec la plus grande tendresse.

— Viens voir ! dit-elle à son mari en soulevant lentement un linge blanc.

Le père, tout ému, avait longuement essayé d'imaginer le petit être qu'il découvrait à présent. Il n'osa pas le toucher.

— Sera-t-il beau ? risqua Volkan.

— Comme son père, répondit la jeune mère, en l'enveloppant d'un regard affectueux. Jure-moi qu'il portera le nom de Nazim, même sur les registres de l'État civil !

— Je serais ingrat envers Dieu et envers toi, si je ne me pliais pas à ton désir, répliqua Volkan.

Le septième jour arriva et fut l'objet de grandes réjouissances. Des chants enthousiastes saluèrent l'arrivée des invités, des musiciens entourés d'une foule bigarrée interprétèrent des airs endiablés, petits et grands prirent part aux divers amusements et chacun se fit un devoir de tirer le plus de cartouches possible avec son fusil de chasse. Une dizaine de moutons furent sacrifiés pour cette fête et ce repas abondant proposa tous les plats traditionnels turcs, accompagnés au dessert de gâteaux typiques à base d'amandes : *revani, baklava et tulumba*. La soirée se clôtura par la danse traditionnelle *Horon*, exécutée par une troupe majestueuse venue spécialement de Cappadoce. Puis, la vie reprit son cours normal à la ferme Volkan.

2

Le petit Nazim faisait désormais l'objet des attentions de toute la ferme. Ses parents le surveillaient d'une manière particulière, l'entouraient de toute la sollicitude due aux précieux héritiers d'une jolie fortune. Le petit monde qui gravitait autour de son berceau s'intéressait à sa santé, à ses premiers gestes, à ses premiers sourires, à ses indispositions passagères. Les épouses des ouvriers agricoles, en particulier, brûlaient d'envie d'apprendre à la jeune mère à l'emmailloter, à le nourrir, à le coucher. Le problème majeur consistait à le préserver du mauvais œil. Pour éloigner les *ecinni*[2] du cher petit, il fallait brûler des encens à des heures précises, se procurer des amulettes chez les professionnels les plus réputés de la région et mêler au chapelet des talismans protecteurs, de minuscules sachets contenant des pincées de terre prélevées sur les tombes des saints les plus vénérés de la contrée. La naissance de Nazim permit à sa mère de s'enraciner dans la famille et de perpétuer ainsi la lignée du riche fermier.

Désormais, Alev négligeait quelque peu la surveillance de son ménage pour se consacrer exclusivement à son enfant. La moindre crise de larmes du bébé provoquait une révolution dans la demeure. Au premier cri, la jeune mère donnait le sein au nourrisson et, si le lait maternel, pourtant abondant, ne l'apaisait pas, elle envoyait chercher la sage-femme. Celle-ci découvrait toujours aux côtés du bébé un insupportable groupe de *ecinni.* Pour leur faire lâcher prise, elle promenait sept fois autour de la petite tête une poignée de sel qu'elle jetait ensuite sur les braises de la cheminée. Le grésillement du condiment, sous l'effet de la chaleur, était considéré comme un signe

---

[2] Créatures surnaturelles issues de croyances de tradition sémitique.

favorable. Par contre, si l'opération n'aboutissait pas, la sage-femme mesurait l'enfant à l'aide d'une ficelle de couleur. Lors de chaque mesure, la ficelle devait rétrécir à cause de la résistance opposée par les *djinns*. Heureusement, cette résistance les fatiguait et l'opération, si elle était répétée plusieurs fois, devait les mettre en déroute. Il arrivait néanmoins que les esprits malins résistent. La sage-femme recourait alors à des moyens plus énergiques : elle les étouffait dans des fumées âcres, ou elle calmait leur fureur grâce au sang d'un innocent pigeon ou d'une malheureuse volaille. Malgré tout, la jeune maman jugeait souvent cette sollicitude insuffisante, elle qui liait désormais son sort à la vie de son enfant.

Pour la plus grande joie de ses parents, Nazim était un enfant grassouillet et sage. Ses sourires faisaient la joie de la famille et l'on jugeait sa gaieté naturelle de bon augure pour son avenir. La grâce était visiblement entrée dans la maison de Volkan et les parents n'avaient de cesse de manifester leur gratitude envers Dieu.

L'enfant ne tarda pas à marcher et à participer aux distractions des bambins des environs. Il restait bien entendu l'enfant du patron, l'enfant choyé de tout le monde, celui dont on devait surveiller les moindres faits et gestes. Cependant, la vigilance des parents semblait se relâcher depuis quelque temps. Était-ce dû au fait qu'Alev était de nouveau enceinte et que Nazim aurait bientôt un petit frère ?

En fait, il était presque abandonné à lui-même. Il errait selon ses fantaisies, suivant autour des bâtiments, la bande impétueuse des gosses de la ferme. Le soir, le père apercevait à peine son fils, car, après ses divertissements de la journée, il s'endormait souvent dans un coin de la pièce, sans même avoir dîné. En *Thobe*[3] blanc et pieds nus, rarement lavé, Nazim prenait de plus en plus l'allure d'un enfant des champs.

Deux ans après sa naissance, sa mère donna naissance à une fillette qui reçut le prénom d'Aida. Cet événement n'eut aucune influence sur Nazim. Il ne constata aucun changement de ses parents à son égard ni

---

[3] Vêtement traditionnel porté par les adultes et les enfants.

aucun regain d'affection envers sa sœur. Comme celle-ci ne comptait pas, il restait le joyau inestimable, l'héritier des Volkan, le futur chef du patrimoine familial, le successeur de cette dynastie qui, par à ses qualités innées, saurait s'élever par elle-même dans le respect des coutumes et des traditions.

La naissance d'Aida était loin d'être un jour marqué d'une pierre blanche. Il fallait plutôt s'employer à amoindrir la déception de ses parents qui espéraient un deuxième garçon, estimant mériter encore la faveur divine. Aida n'eut droit ni aux coups de fusil, ni aux chants, ni à la fête. Volkan affichait une réelle déception, tandis que son épouse recevait dans sa chambre, les consolations d'usage prodiguées par les femmes du voisinage.

— Ne t'insurge pas contre le sort, lui disaient-elles. Tu as Nazim. C'est un véritable trésor. Il maintiendra haut et fort le renom de la famille, il saura protéger ses parents et sa sœur. Il saura éloigner les envieux, tapis dans l'ombre. Que Dieu le protège et t'envoie, en compensation, un nouvel enfant mâle, la prochaine fois.

De temps à autre, la petite qui reposait aux côtés de sa mère semblait protester par de petits cris, contre le peu de cas que l'on faisait d'elle. Hélas ! Elle ne réussissait guère à changer l'atmosphère hostile dont elle était entourée. Elle n'avait reçu ni amulettes ni sachets protecteurs, car les filles, comme le chiendent, poussent toutes seules. Elles suscitent moins d'inquiétude chez leurs parents, certainement parce qu'elles sont moins jalousées que les garçons, leur sexe les mettant à l'abri du mauvais œil.

D'autres garçons et d'autres filles vinrent par la suite agrandir la famille de Volkan : la naissance des premiers donna lieu à des réjouissances accompagnées de joyeuses pétarades ; la venue au monde des secondes fut synonyme de jour néfaste.

Nazim demeurait donc le préféré, celui qui avait ouvert la porte à la postérité. À l'avenir, c'est lui qui aurait l'honneur de remplacer son père, de jouer auprès des autorités et des voisins, le rôle du chef de famille des Volkan.

Il grandit naturellement et sans problème dans ce milieu simple et sain. Il se rendait souvent aux champs, suivait les agriculteurs, les moissonneurs et même les bergers. Il n'entendait parler que de culture et de vente de bétail. Pour lui, le monde ne dépassait pas cette vallée ombragée, limitée par les montagnes qui touchaient le ciel de tous côtés. Il continuait à vivre au milieu de cet horizon, entouré par les amis de son père qui ne venaient pas, jusque-là, déranger sa quiétude.

Les travaux d'automne terminés, son père descendit presque journellement au village. Il fréquentait les notables, le juge du tribunal, les hauts fonctionnaires des administrations, le notaire et d'autres propriétaires terriens comme lui. On le voyait souvent au tribunal. C'est là que Volkan se plaisait à écouter en silence les discussions de justice qui, selon la réaction des antagonistes, dégénéraient parfois en conflits procéduriers. Le juge aimait son bon sens de paysan exempt de toute hypocrisie mondaine. Au fil du temps, Volkan s'était presque persuadé qu'il faisait partie intégrante de cette minuscule cour de justice dont il osait parfois critiquer les sentences, allant jusqu'à insinuer que l'argument décisif, celui qui ne figurait pas dans les attendus, était pourtant flagrant aux yeux de gens avisés. On riait de ses naïves, mais honnêtes remarques ; on lui demandait avec malice dans quelle école, il avait fait ses études. On lui posait ensuite une série de subtiles énigmes et, s'il ne répondait pas, on lui infligeait une amende. Toujours la même : offrir des cafés à toute l'assistance. Comme les jugements étaient sans appel, il payait sans rechigner, se promettant cependant de réitérer ses judicieuses observations à la première occasion.

Un jour où il arrivait de bonne heure au tribunal, le juge le fit asseoir à ses côtés et lui demanda des nouvelles de ses enfants. Ils parlèrent surtout de Nazim qui grandissait, mais qu'on ne voyait jamais au village.

— Que comptes-tu faire de ton fils ? lui demanda le juge.

— Quoi ? répondit Volkan. Je ne comprends pas.

— Évidemment. Tu ne vois que tes charrues et tes bêtes. Que t'importe le reste !

— Qu'as-tu contre moi, ce matin ? N'as-tu pas digéré le dernier café que tu m'as obligé de t'offrir ?

— Rien. J'ai peut-être tort de m'occuper de tes intérêts et de ceux de tes enfants.

— Comment cela ?

— Je te répète : je serais heureux de savoir ce que fera Nazim quand il sera grand.

— Il me semble que la réponse est simple : il me remplacera, il fera comme moi. Je lui laisserai, Dieu merci, de quoi s'occuper toute l'année.

— Volkan, je te croyais plus érudit depuis que tu fréquentes les personnalités du village. Or, je ne vois chez toi que la vanité de leur payer des tasses de café bien sucrées et d'étaler sur les bancs tes beaux habits de nouveau riche.

— Il me semble que je ne gêne personne en agissant comme je le fais. Ces beaux habits, je les ai payés avec mon argent et cet argent, je l'ai gagné à la sueur de mon front ! Je n'ai jamais volé personne.

— Il ne s'agit pas de cela Volkan. Lorsqu'on sait gagner de l'argent, il faut savoir aussi l'employer à bon escient. Quand on parvient à une certaine aisance, il est d'usage de rechercher une certaine hauteur, de goûter aux douceurs que procure la fortune et de profiter de la vie dans toutes ses manifestations saines.

— Dieu merci, je vis très honorablement et les miens ne manquent de rien ! Je souhaite que tous les Turcs jouissent d'un bien-être comparable au mien. N'est-ce pas suffisant ?

— Pour toi, le bien-être signifie manger du Güveç[4] et de la Gozleme[5] sans restriction, acheter de beaux habits pour les grandes fêtes rituelles, se coucher au crépuscule et se lever avec le jour ? Il n'y a pas que cela dans la vie, mon cher ami. Il faut autant satisfaire l'esprit que le corps. Il est dommage de vivre dans l'ignorance quand on peut acquérir des connaissances. Il est recommandé à tous les êtres humains de posséder un peu des sciences de leur époque, de s'initier à tous les

---

[4] Ce ragoût à base de viande ou de poisson est très populaire notamment en hiver.

[5] Galette à base de farine

métiers, de cultiver tous les arts. Le prophète n'a rien laissé dans l'ombre : il a formellement recommandé l'instruction comme la plus sacrée des obligations, il a exalté ceux qui possèdent le savoir et il a placé les intellectuels aux plus hauts échelons de la hiérarchie des bienheureux.

— Tu perds ta salive, cher ami, je suis à présent trop vieux pour me mettre à l'étude !

— Allons, Volkan, comprends-moi. Je sais qu'on ne peut faire d'un tronc, une baguette flexible, mais tu ne dois pas refuser à tes enfants le bonheur que tu n'as pas eu. Tu dois les instruire. Commence donc par envoyer Nazim à l'école.

— Que Dieu l'en préserve !

— Pourquoi ?

— Parce qu'il n'est pas dans les traditions de notre famille de faire une chose pareille. Mes ancêtres n'ont jamais su tenir une plume ni lire dans vos ouvrages encombrants. Moi-même, j'ai mené mes affaires sans le moindre papier, sans un registre. Notre rôle de paysan ne comporte pas autant de complications. Nous soignons nos terres et elles nous paient très largement. Pourquoi demander davantage ?

— L'instruction n'empêchera pas tes enfants de gérer leur patrimoine. Ils le feront peut-être même mieux que toi. Regarde ce que font les Occidentaux, qui sont loin d'être des ignorants !

— As-tu déjà vu, chez nous, des gens instruits s'occuper de la terre ? Regarde nos jeunes, formés dans les écoles coraniques : ce sont des poupées en *Thobe* lorsqu'ils sont jeunes et, quand ils vieillissent, ils s'affublent d'une longue barbe, d'un large turban sur la tête, et ils passent leur temps en prières. Ils ne travaillent pas, ne produisent rien et vivent en parasite sur notre naïveté. Quant à ceux qui sortent des écoles, ces établissements visant, soi-disant, à former des personnes destinées à jouir d'une autonomie intellectuelle, ils deviennent généralement des fonctionnaires comme toi. Ils boivent du *Raki* [6]et oublient Dieu. Mes enfants resteront à la ferme.

— Tu feras ainsi leur malheur !

---

[6] Une boisson alcoolisée très prisée d'une partie de la population turque.

— Est-ce que je suis malheureux ? Je n'ai rien à n'envier à personne. Malgré mon ignorance, tu m'honores de ton amitié, toi, l'un de ces hauts fonctionnaires.

— Tu es absurde, Volkan. Tu n'as pas à refuser à tes enfants d'accéder au savoir. L'instruction sauve dans ce monde ! Ta richesse t'aveugle Volkan, elle te détourne de la voie du bon sens.

— Ah non ! Tu vas trop loin. Je ne suis qu'un humble serviteur de Dieu. Je suis conscient que notre séjour sur cette terre est éphémère. Nous devons consacrer le meilleur de nous-mêmes à nous préparer aux joies éternelles.

— À la bonne heure, Volkan. Alors ? Consens-tu à instruire tes enfants pour en tirer profit dans cette vie et probablement dans l'autre ?

— Oui, Nazim ira peut-être à l'école coranique du village.

— Excellent, excellent, mon bon ami ! C'est un bon début et une sage décision.

L'idée d'envoyer Nazim à l'école du village ne plaisait pas beaucoup à Alev. Confier son fils à des mains étrangères, l'éloigner de la maison toute la journée… Pourquoi l'obliger à aller si loin ? Pourquoi l'exposer aux intempéries, aux dangers de la rue et du centre-ville où, dit-on, il passe des automobiles qui écrasent tout sur leur passage ?

« Sera-t-il meilleur, notre Nazim, quand il saura réciter la prière des morts ou faire des amulettes de bonnes femmes ? se demandait-elle. Qui a mis ces idées baroques dans la tête de mon mari ? Volkan ne sait ni lire ni écrire. Pourtant, il est le plus beau et le plus courageux des hommes. Qu'on me montre une nature plus avertie, plus généreuse et plus prudente que lui. N'est-il pas le chef de la région ? Ne s'incline-t-on pas devant ses volontés, n'a-t-on pas besoin de lui à tout instant ? »

Cependant, les réprimandes d'Alev ne dépassaient pas le cercle de ses domestiques ou des épouses des ouvriers. Elle savait qu'elle n'avait pas à discuter les décisions de son homme. D'ailleurs, elle n'émettait aucune protestation devant son mari.

Un soir, celui-ci lui annonça d'un air assez ennuyé qu'il conduirait son fils à l'école, le lendemain. Un domestique l'accompagnerait tous les matins et irait le chercher le soir, lorsqu'il ferait mauvais temps, Nazim prendrait le cheval à l'écurie.

— Je ne vois pas comment !

— C'est trop long à t'expliquer. Retiens seulement que Dieu aime les gens qui possèdent le savoir et le prophète recommande aux musulmans d'instruire leurs enfants. Mais toi, tu ne peux pas comprendre toutes ces choses !

— C'est l'ange Gabriel qui t'a illuminé ainsi ?

Alev quitta la chambre en secouant la tête d'un air dubitatif. De son côté, Nazim accueillit avec indifférence la décision de son père, ne sachant pas au juste ce qu'on attendait de lui. Il se trouverait peut-être avec beaucoup d'enfants de son âge avec qui il pourrait jouer, et cela lui suffisait.

Le lendemain de très bonne heure, il suivit son père, presque joyeux d'affronter l'inconnu. Contrairement aux craintes formulées par sa mère, les quelques kilomètres qui les séparaient du village ne le découragèrent pas. N'en parcourait-il pas davantage dans ses folles courses à travers champs ? Sa mère semblait minimiser ses forces et il en était vexé.

La ferme de Volkan était située sur l'un des nombreux sommets dispersés sur les crêtes boisées surplombant la vallée où s'était édifié le village Kayaköy. Une source au débit abondant avait attiré, on ignore à quelle époque, les premiers propriétaires. Au fil des siècles, ces derniers avaient constitué la ferme moderne qui trônait désormais à cet endroit : une demeure spacieuse, au sein d'un hameau occupé par le personnel.

Les bâtiments du maître avaient la forme d'un vaste quadrilatère. Aux beaux jours, une vigne fournie ombrageait la cour extérieure en terre battue, sur laquelle donnaient des pièces généralement réservées aux hôtes de passage. Leurs volets en bois plein projetaient la note grise de leur enduit sur la blancheur des murailles. À chaque fenêtre, d'imposants barreaux donnaient à réfléchir aux malfrats tentés par des coups de main nocturnes. À l'arrière se trouvaient les chambres des femmes et des domestiques attachés au service intérieur de la maison. Elles avaient accès à une courette close. À droite, une espèce de remise regorgeait de grains et de provisions : de longs chapelets d'oignons, un tas de pois chiches étalés à même le sol, la récolte de pommes de terre de l'année. À gauche, des fûts de pétrole destiné aux lampes qui tentaient d'éclaircir la pénombre. Au milieu, une porte s'ouvrait sur un immense hangar qui occupait toute la longueur de l'édifice. On y mettait le cheptel à l'abri. Enfin, à l'une des extrémités, on avait aménagé un abri pour la voiture automobile, une Citroën 10 HP soigneusement bâchée, que l'on sortait uniquement dans les grandes occasions. Tout ceci, au cœur d'une couronne de verdure où l'olivier unissait sa teinte cendrée à la couleur plus tendre des arbres du verger.

Du village de Kayaköy, on contemplait avec envie la haute colline des Volkan. Il semblait aux villageois que là-haut, la vie était beaucoup moins lourde que dans les terres de la plaine.

À un certain endroit, la piste qui menait à la ferme quittait la grande route avant d'enlacer des pentes abruptes. Plus d'une personne qui empruntait ce chemin levait alors un regard pensif vers les cèdres qui semblaient monter une garde vigilante autour de l'antique domaine. Volkan, lui, n'avait aucune crainte. Il avait su éviter les usuriers et les gens du coin avaient dû se résigner à voir grandir l'étoile de ce rustre qui avait réussi en quelques années, là où d'autres avaient échoué.

Kayaköy est le nom de ce village qui épouse avec souplesse les contours inférieurs de la vallée. En turc, « Kaya » signifie pierre et « köy » village. Le nom Kayaköy succéda à celui de Lebessus au 18e siècle.

Une longue terrasse aménagée au centre de l'agglomération forme une esplanade sur laquelle s'alignent la Mairie, le palais de justice, le café maure et le grand hôtel de la région. On trouve ensuite, sur une double rangée de part et d'autre de la chaussée, une succession de maisons sans étage, dont le ravalement est constitué de lait de chaux passé au bleu. Ces maisons sont bordées d'énormes frênes au feuillage tout empli du chant assourdissant de milliers d'oiseaux qui prennent une fuite affolée au passage des carrosses de chevaux et des quelques automobiles. Un peu plus loin, le minaret de la petite mosquée étincelle de ses carreaux de porcelaine.

Au bout du village retentit le son clair de l'enclume. Les hommes et les ouvriers sont aux champs. Mais, le soir venu, une grande rumeur s'élève soudain. De tous les chemins, bêtes et gens débouchent dans un bruit de sabots, de ferraille traînée et d'injonctions tapageuses. Les femmes sortent sur le seuil et répondent au sourire las de ceux qui viennent de batailler avec la terre. Les fumées des cheminées montent plus haut dans le ciel mauve. C'est l'instant où le village semble reprendre vie. Pas pour longtemps, car demain est déjà là et la terre n'attend pas.

Kayaköy est un village sans histoire. Haine, amour, rancœur, désir, tout y est… mais on sait quand il faut en parler et chaque paysan suit en silence le rêve qui lui tient à cœur.

Simple et saine philosophie ! Kayaköy n'avait pas à chercher son bonheur : il l'avait.

3

En quittant la maison paternelle à la recherche d'un bonheur qu'il croyait certain, Nazim ne se doutait pas qu'il partait un peu à l'aventure, qu'il entrait dans une vie nouvelle ; captivante, certes, mais pleine d'aléas et souvent de périls. D'une nature honnête et curieuse, éviterait-il le vertige des larges horizons scientifiques, de la poésie qui cultive le chant de l'âme ? Les inquiétudes de la haute pensée philosophique qu'il affronterait un jour avec exaltation ?

Il est toujours délicat de déraciner un être, de le propulser dans un tourbillon de vie où ses affinités culturelles, jusque-là acquises, sont souvent attaquées ou contrariées. Volkan, toujours positif et sage, était loin d'imaginer l'importance de l'acte qu'il venait d'accomplir. Dans son esprit, il ne faisait que céder à son ami juge. Lequel, à cheval sur deux civilisations, croyait à l'efficacité d'un contact intime entre la civilisation occidentale et la civilisation orientale. Dans son esprit, ce contact devait constituer le prélude à des relations étroites, lesquelles aboutiraient sans conteste à une compréhension de plus en plus large, à une complémentarité nécessaire à l'harmonie du monde.

De son côté, ce riche paysan sans aucune vue sur l'avenir s'accrochait farouchement aux traditions familiales. Il était seulement sensible aux arguments religieux du juge. Or, ce dernier savait très bien par où le prendre, et il réussit à le persuader que son fils devait apprendre le Coran, comme tous les enfants des grandes familles. Cet enseignement lui permettrait une pratique constante de la prière, base essentielle de l'Islam, ainsi qu'une plus grande conviction dans sa foi.

Après son entretien avec le juge, Volkan admit donc que ses connaissances religieuses rehausseraient particulièrement le prestige du riche paysan que deviendrait un jour Nazim. Il ne se doutait pas, le brave homme, que la marche des événements et le respect de certains rites bousculent parfois les prévisions les mieux établies. Il était loin de supposer que, malgré son bon sens inné, son immense respect pour tout ce qui portait l'empreinte de la religion, Azim n'échapperait pas à la règle : de concession en concession, il subirait, lui aussi, les exigences de ce que l'on appelle le progrès et les lois de l'évolution.

Il conduisit donc sans appréhension son fils bien-aimé, son soutien moral, à l'école coranique. Oui, il le livra sans arrière-pensée à toutes les influences étrangères, susceptibles de contrevenir aux traditions de la famille Volkan.

Aux abords de *medrese,* Nazim fut profondément impressionné par les bruits divers qui lui parvenaient de l'établissement d'enseignement. Il perçut d'abord une espèce de très forte rumeur confuse qui se répercutait comme un puissant écho au-dessus de presque tout le quartier. Plus ils approchaient de la classe, plus les bruits se précisaient. Puis, une immense cacophonie déchira ses oreilles, des voix aux timbres les plus divers se mélangeaient dans un brouhaha indéfinissable. Les élèves hurlaient à tue-tête en récitant les versets du Coran, tandis que la voix grave du maître essayait de surmonter ce vacarme indescriptible pour rappeler à l'ordre les enfants distraits ou indisciplinés.

La *Madrasa* – c'est le nom que porte l'école théologique en Turquie – n'avait rien d'attirant pour Nazim. L'enseignement avait lieu dans une vaste salle qui avait dû servir autrefois d'entrepôt ou de garage. La classe, exposée carrément au nord, donnait sur une rue peu fréquentée. L'hiver, ce local ressemblait à une véritable glacière qu'un vieux poêle à bois ne parvenait jamais à rendre la froideur supportable. Quant au matériel destiné à l'enseignement, il était réduit à sa plus simple expression.

Chaque élève était muni d'une planchette rectangulaire percée en son bord supérieur d'un petit trou. Il y passait une ficelle afin de la suspendre à un clou lorsqu'il ne s'en servait pas.

Les nattes usagées qui recouvraient le sol dissimulaient de profonds trous. La natte du maître, plus épaisse, mais plus petite aussi, s'étalait contre le mur, face à la porte. Un morceau de vieille tapisserie, don lointain d'une famille bourgeoise, la recouvrait. Derrière le maître, une vénérable copie du Coran trônait, tel le saint des saints, sur une sorte de console bricolée avec de vieilles planches. Le maître l'avait à portée de main lorsqu'il était assis. C'était le seul outil dont il avait besoin quand sa mémoire lui faisait défaut. Habitué à un certain luxe, Nazim trouvait ces lieux sans majesté aucune.

L'enseignement était simple et sa méthode, archaïque. Il consistait à transcrire sur les planchettes quelques versets du Coran. L'élève devait les répéter jusqu'à ce qu'il connaisse le texte par cœur. Il n'y avait pas dans cette classe deux élèves de même niveau : les uns répétaient inlassablement l'alphabet, alors que d'autres se lançaient dans la déclamation de la *sourate* [7]de « La vache », un texte en prose rimée.

Le maître n'était pas trop rigide dans sa fonction. Les élèves s'entraidaient, les plus avancés venant au secours des débutants. Ses élèves répétaient et récitaient à s'étourdir les textes écrits sur leurs planchettes. Il veillait seulement à ce que les enfants lui obéissent et récitent le plus bruyamment possible les versets imposés. Malheur à ceux qui enfreignaient sa discipline ! En effet, les sanctions comportaient uniquement des châtiments corporels, du simple coup de bâton sur la tête ou sur l'épaule, à la terrible *falaka*[8].

Pendant les cours, les élèves restaient assis sur leurs nattes poussiéreuses, en face du maître. Ils étaient répartis de manière à ce que les élèves les plus érudits soient entourés d'un ou deux nouveaux auxquels ils devaient prêter attention et, au besoin, apprendre l'écriture sacrée. Il va de soi que, même chez les élèves, le rapport supérieur-subordonné était de mise. Si un élève plus âgé était méchant ou trop exigeant, celui qui se trouvait sous sa coupe subissait toutes

---

[7] Le mot sourate est souvent traduit par « chapitre ».

[8] Donner des coups de bâton sur la plante des pieds.

les sortes de vexations qu'un enfant sait facilement imaginer et pratiquer, sans pour autant avoir conscience du mal qui en résulte.

Les familles ne soupçonnent pas le manque d'organisation de ces écoles ni leur méthode d'enseignement dans laquelle la récitation mécanique et la mémoire seule jouent un rôle essentiel. Au contraire, ces familles estiment que leurs enfants bénéficient des meilleures conditions pour s'instruire. En vérité, l'enseignement coranique, qui se confond avec l'enseignement religieux, ne tolère aucune critique, tant le respect du dogme est important dans le monde musulman.

Dans ce domaine, le christianisme et le judaïsme sont logés à la même enseigne. Ils ne contrôlent généralement pas l'enseignement de la Bible ou du Talmud, ce qui prouve que les hommes sont identiques dans leur essence et que les forces spirituelles agissent partout de la même façon.

Le père Volkan arriva devant l'école en tenant son fils par la main. Il pénétra dans la salle bourdonnante avec le respect instinctif des choses saintes. Nazim se sentit désagréablement gêné par tant d'yeux braqués sur lui.

Le maître se précipita aussitôt vers le riche paysan dont il connaissait l'esprit orthodoxe, et surtout la générosité. Il était heureux de compter parmi ses élèves, le fils de cet opulent propriétaire considéré comme le musulman le plus averti de la région. Ce qui ne gâche rien, il ne lésinait jamais sur le chapitre de l'argent. L'événement méritait quelques attentions.

En termes de revenus, le maître de l'école percevait une mensualité dérisoire payée par chaque élève, ainsi qu'une indemnité principalement constituée par les dons et la *zakat* [9] consentie bénévolement par les familles, grâce à leurs activités agricoles. Cette dernière part était variable, car laissée à l'appréciation des parents, ce qui obligeait le maître à agir envers eux avec la plus grande souplesse.

Recep, le maître de l'école de Kayaköy, était le type même du précepteur accompli. D'allure assez jeune, il inspirait la sympathie et

[9] Acte qui consiste, chez les musulmans, à donner de l'argent aux plus pauvres.

faisait preuve d'une certaine élégance malgré ses modestes ressources. De plus, malgré de petits accès d'hypocrisie, il s'exprimait correctement.

Il accomplissait avec désinvolture ses multiples rôles d'éducateur, de directeur de conscience, d'aumônier pour les morts, de fabricant d'amulettes et même de sorcier guérisseur. Par son humilité, ses manières insipides, ses airs de croyant ardent, il excellait à attirer la confiance des bourgeoises de renom qui amenaient avec elles tout un cortège de clientes fragiles, jalouses ou imprudentes. Celles qu'il sortait honorablement d'aventures amoureuses lui restaient profondément attachées. Pour chacune, il avait un remède idéal et le hasard l'aidait souvent d'une manière imprévue.

La main sur le cœur, il s'avança tout sourire vers Volkan et lui offrit sa main à baiser. Ignorent presque la présence du petit, il s'informa très longuement de la santé de son visiteur et de celle de sa famille. Il n'oublia surtout pas de lui souhaiter tous les bienfaits que, dans sa grande générosité, le créateur prodiguait à tous les hommes vertueux.

Volkan écouta patiemment cet interminable chapelet de compliments puis, toujours sur un ton positif, il répondit :

— Je te confie mon fils. Que dois-je lui acheter ?

— Presque rien, Monsieur Volkan : une simple planchette.

— Où vais-je trouver cela ?

— Si Monsieur Volkan le permet, je me chargerai moi-même de lui procurer ce dont il aura besoin.

— Tiens, voici un peu l'argent. Si ce n'est pas suffisant, tu me réclameras le complément, poursuivit-il en lui glissant un billet dans la main.

Cette fois, c'est le maître qui se précipita sur la main de Volkan et la baisa respectueusement.

— Je ferai de ton fils un savant, une lumière d'entre les lumières !

— Je n'en demande pas autant, car mon fils me remplacera un jour. Apprends-lui seulement à honorer ce qui est nécessaire à la pratique de la religion.

— Dieu honore les paysans. Ils constituent l'assise de la société et Dieu leur réserve les joies de l'au-delà.

— Je te confie mon fils. Apprends-lui à aimer les siens.

— Bien entendu ! Je le traiterai comme s'il était mon propre enfant.

Volkan se retira quelques instants plus tard, ému par l'expression désespérée qu'il devine sur le visage de son fils. Ce dernier semblait lui reprocher son abandon entre des mains inconnues. Le regard rivé au sol à l'endroit précis où son père l'avait laissé, Nazim semblait complètement désorienté.

Quelque chose venait de se briser en lui et il eut soudain l'impression d'avoir accompli un très long voyage. Il reprit finalement ses esprits quand le maître le prit par la main pour le faire asseoir au côté d'un grand gaillard.

Après la période de silence qui avait salué son arrivée, le brouhaha reprit de plus belle. Comme tous les novices, Nazim reçut alors une planchette. Celle-ci était encore couverte d'écritures et l'élève désigné pour le guider fut chargé de la blanchir après l'avoir lavée.

Perdu au milieu de cette classe, Nazim ne savait quelle attitude adopter ni sur qui porter son attention. De temps à autre, ses voisins s'arrêtaient de réciter et l'observaient comme une bête curieuse. Il avait même l'impression que certains regards étaient chargés de menaces. Alors, il baissait la tête et attendait anxieusement la suite des événements. Comme il serait heureux s'il pouvait reprendre sur-le-champ le chemin de sa ferme accueillante et retrouver tout son petit monde là-haut ! Comme il regrettait sa vie tranquille au milieu des siens, libre de toute contrainte ! Il imaginait ses compagnons de jeu en train de courir autour de la maison, s'éparpiller tels des moineaux dans les champs, se laisser glisser sur les talus, faire la chasse aux gerboises. Son cœur se serra et des larmes lui vinrent aux yeux. Il fixa un moment le grand camarade qui nettoyait sa planchette et il le trouva franchement antipathique.

Lavée, puis enduite de vernis blanc, la planchette fut mise à sécher au soleil. L'élève qui lui servait de moniteur reprit alors sa place près de Nazim, qui le trouva encore plus effrayant avec son rire d'hyène aux abois. À cet instant, il redouta les jours à venir, mais le sang des Volkan coulait en lui et la confiance revint. Ainsi finit pour Nazim une première journée de classe qui ne lui avait apporté que regrets, doutes et appréhensions.

Le soir venu, il vécut son retour à la maison comme une délivrance. Il courut raconter sa désillusion à sa mère. Désarmée face à la révolte de son enfant, Alev tenta d'atténuer sa colère dans un regain de tendresse. Mais Nazim insista : il voulait qu'elle prie son père de revenir sur sa décision : il ne voulait pas retourner à l'école.

Avec un autre homme que Volkan, la pauvre femme aurait peut-être eu le courage d'intervenir. Or, elle le savait jaloux de ses prérogatives de chef de famille. Elle ne pouvait donc s'en remettre qu'au destin et garder sur ce sujet un silence circonspect. Elle se tourna donc vers son fils, puis elle lui détailla maladroitement et sans grande conviction, tous les avantages qu'il retirerait de sa nouvelle position et lui conseilla la résignation. Découragé, Nazim versa quelques larmes. Puis, le regard boudeur, il se retira dans un coin où il ne tarda pas à s'endormir.

Il mit donc de côté ses malheurs et le lendemain, lorsque son père le réveilla de bonne heure, il reprit le chemin de l'école avec une certaine amertume, mais sans protester. Il reprit alors sa place auprès d'Ozan, son mentor, décidé à attendre stoïquement les événements.

À un moment donné, tout ce petit monde se remit à réciter la leçon avec ardeur. Le maître lui remit alors sa planchette déjà couverte des vingt-neuf lettres de l'alphabet turc. Il nomma chaque signe et les lui répéta en les touchant à chaque fois avec une baguette. Puis, il pria Nazim de rejoindre sa natte et de s'adresser à son voisin, au cas où il rencontrerait des difficultés.

Revenu à sa place, il déposa la planchette sur ses genoux à la manière de ses condisciples, et attendit les ordres du maître. Sur un signe de ce dernier, Ozan donna un petit coup de coude à Nazim et l'invita à répéter après lui l'alphabet. Alors, le fils de Volkan répéta machinalement, et sans lever les yeux de sa tablette, des mots incompréhensibles pour lui. Il le fit une fois, deux fois, trois fois…

Puis, Ozan se détourna de lui et se remit à réciter en criant plus fort que tous les autres, le texte écrit sur sa planchette.

Nazim trouvait l'exercice improductif et butait sur des obstacles insurmontables.

— Je n'arriverai jamais à me rappeler tous ces mots ni à me souvenir de toutes ces formes bizarres, se dit-il. Comment vais-je apprendre cela tout seul ?

C'était sans compter sur Ozan, qui semblait ressentir une joie malsaine à revenir à la charge, à chaque fois que l'attention de Nazim fléchissait un peu.

Durant toute la nuit qui suivit cet apprentissage brutal, un refrain monotone résonna dans sa tête avec une cadence impitoyable : A b c ç d… À la maison, il n'avait plus évoqué ses angoisses et personne n'avait fait allusion à sa vie nouvelle.

Des mois passèrent. Nazim apprit non seulement l'alphabet, mais il savait désormais prononcer correctement les lettres comportant des voyelles brèves. Il s'était finalement habitué à ce milieu scolaire au sein duquel il affirmait clairement son indépendance de caractère, de même que sa dignité émotive.

Puis, un jour, il quitta purement et simplement son arrogant voisin Ozan et s'installa auprès d'un autre grand de sa classe.

Profondément vexé, Ozan avertit le maître que son protégé s'insurgeait contre la discipline traditionnelle de l'école. Sans hésiter, Nazim répondit qu'il se verrait dans la pénible obligation de briser sa planchette sur la tête d'Ozan si on continuait de lui imposer un tel compagnon !

Un peu plus tard, Recep rencontra Volkan chez le juge. Le maître d'école reprocha aussitôt au père de son élève d'oublier le chemin de l'école. Ne pourrait-il pas au moins s'informer des études de son fils ?

— Je te l'ai confié, répondit Volkan. Considère-le comme ton fils. Moi, simple paysan, je ne suis pas en état de contrôler les progrès de mon enfant.

— Eh ! bien, répliqua maître Recep, puisque tu ne veux pas nous honorer de ta visite, je me rendrai moi-même chez toi vendredi prochain et je te renseignerai sur ce dont tu aurais dû t'inquiéter. Nazim est un garçon fort attachant !

— Tu seras le bienvenu, mon cher maître, répondit Volkan, profondément touché par cet hommage. La grâce du seigneur visitera ma demeure.

Comme convenu, le vendredi suivant à la première heure, maître Recep se rendit à la ferme de Volkan, où le riche propriétaire l'attendait. Il fut conduit dans le grand salon de la demeure où s'étalaient à profusion les plus beaux *kilims*[10] de la Turquie. Le maître Recep choisit du regard la banquette la plus moelleuse, et s'y étendit avec une satisfaction non dissimulée, appuyé sur un doux coussin. Déjà, le maître des lieux lui tendait une tasse de thé délicieux.

— Je me fais un plaisir et un devoir de venir te parler de ton fils, commença Maître Recep. Nazim est un élève remarquable, il est le digne fils de son père et de l'honorable famille des Volkan. Le souverain Maître te comble, cher ami Volkan ! Je te souhaite toute la bénédiction de Dieu, ainsi qu'à tous les musulmans aussi vertueux que toi.

— Puissions-nous profiter tous ensemble de ses bienfaits ! répondit modestement Volkan. Il lit dans les cœurs et accorde sa grâce selon les mérites de chacun.

— Nazim est promis à un bel avenir, reprit le maître. Il est intelligent et respectueux, aussi bien envers les gens qu'envers la religion. Il se montre bon pour ceux qui l'approchent et il ne manque pas, à l'occasion de faire preuve d'énormément de courage et de dignité. C'est un chef qui remplacera bien son père. Il s'impose déjà à tous ses compagnons ; certains le choisissent même pour arbitre. Dans les jeux, il déploie une impétuosité irréprochable qu'il me plaît de souligner. Il se donne avec cœur et loyalement à tout ce qu'il entreprend. Je ne lui vois qu'un seul défaut : lorsqu'on lui manque de respect, il exige réparation de manière parfois trop brutale. Cela doit flatter ton orgueil de père, mais cela m'inquiète néanmoins, car j'assume de lourdes responsabilités. En classe, c'est un élève appliqué,

[10] Nom donné au tapis

servi par une mémoire prodigieuse, aimant l'effort et toujours désireux d'apprendre. Si je le laissais faire, il apprendrait le Coran en un rien de temps.

Le Maître s'accorda une courte pause, puis poursuivit :

— Seulement, je le freine un peu, car il est encore jeune. Je préfère qu'il apprenne doucement afin de mieux posséder ce trésor inestimable qu'est la parole de Dieu. Figure-toi que l'autre jour, je lui ai préparé sa planchette le matin et il me l'a récitée le soir même, avant la fin du cours. C'est merveilleux ! Heureux père qui peut compter sur un tel enfant !

Volkan remercia Recep comme il convenait, mais il attribua tout le mérite de ces beaux résultats à la science, au savoir-faire et à la bonté de ce bon maître dont la réputation était solidement ancrée dans la région. Puis, ils abordèrent d'autres sujets et parlèrent des personnalités du village. Ils apprécièrent les mérites des uns et insistèrent surtout sur les défauts des autres. Malgré sa formation religieuse, Recep écorchait sans remords apparent ceux qui l'aidaient pourtant dans les moments difficiles, et ceux dont il bénéficiait des largesses. Volkan, pour sa part, se jugeait meilleur que tous ces grands personnages devant lesquels s'inclinait la population. Il se sentit même grandi de cette conversation et il éprouva une grande satisfaction à l'idée de ne pas faire partie des personnes critiquées par son invité.

On vint soudain prévenir Volkan que le déjeuner était prêt. Une soupe *mercimek çorbasi*[11] toute fumante remplissait un plat creux disposé au milieu d'un grand plateau de cuivre que l'on déposa sur la table. Des galettes *Gozleme* formaient une couronne autour du plat.

Recep demanda à ce que Nazim puisse déjeuner avec son maître et puisse ainsi profiter de la bénédiction que ne manquerait pas de provoquer ce festin. Et d'ajouter :

— De cette façon, il apprendra à bien se tenir en société, et se préparera ainsi à son rôle de futur chef.

Quelques instants plus tard, l'élève accourut, encore tout essoufflé des jeux qu'il venait de quitter. Il baisa d'abord la main et la tête du

---

[11]Recette Soupe de lentilles corail turc

maître, puis, quelque peu gêné de l'honneur qu'on lui faisait, il prit place auprès de son père.

Recep fit honneur à l'excellent potage, ainsi qu'à tous les plats suivants. Chez les Turcs, surtout dans les villages, la qualité d'un repas se mesure à la quantité de viande servie. À ce propos, Recep négligea quelque peu les autres ingrédients au profit des morceaux les plus charnus. Il puisait dans le plat sans retenue, estimant qu'en tout état de cause, il ne pouvait que faire plaisir à son aimable hôte.

Après avoir dégusté le thé turc avec la lenteur qui s'imposait, Recep rendit grâce au maître des lieux et souhaita à son généreux traiteur toutes les félicités de ce monde, ainsi que la miséricorde. À ce moment, Nazim se leva et baisa une nouvelle fois la tête de son maître. Volkan accomplit à son tour le geste de son fils.

Après quelques dernières considérations sur la fragilité de cette vie éphémère et sur la nécessité d'accorder tous ses soins à l'existence actuelle et éternelle, Recep demanda l'autorisation de se retirer. Volkan acquiesça et, quand son hôte s'approcha de son cheval, il s'aperçut avec ravissement qu'il était à ce point chargé d'offrandes, qu'il dut redescendre à pied au village. Il remercia Volkan et l'assura qu'il était sensible aux dons de ce riche et généreux fermier.

— Excuse-moi, maître, dit Volkan de te forcer à regagner à pied ta maison. Je t'aurais bien prêté un de mes chevaux, mais toutes mes bêtes sont au travail.

— Merci beaucoup, Volkan ! Que Dieu multiplie tes vertus, répondit Recep avec une humilité de circonstance.

Il conduisit alors sa bête par la bride sur le chemin du retour et remercia une fois de plus le Seigneur de conserver un peu de la vanité dans le cœur des hommes.

4

Malgré son peu d'intuition, son manque d'attrait pour les nouveautés et son attachement têtu aux principes désuets de son enseignement, Recep était impressionné par la curiosité d'esprit de Nazim, signe essentiel de l'intelligence de cet enfant. En général, ses élèves réagissaient comme de simples appareils enregistreurs. Ils ne trouvaient un sens à l'enseignement du maître que très longtemps après leur sortie de l'école coranique… et s'ils n'avaient pas interrompu leurs études entretemps.

Nazim étonnait son maître, autant par ses brillantes reparties, que par ses questions pertinentes. Par exemple :

— Que signifie ce que je viens de réciter ? Pourquoi n'avons-nous pas de livres, comme dans les écoles citoyennes ? Pourquoi les enfants qui fréquentent l'autre école comprennent-ils ce qu'ils apprennent, et nous pas ?

Nazim bénéficiait de facultés supérieures à celles des enfants de son âge, confrontés à un énorme travail de mémoire, vu la complexité des textes. Dès lors, le fils de Volkan inquiétait le maître, toujours impressionné par ses réponses surprenantes. Il disait souvent que Nazim n'était pas un élève comme les autres : non seulement il apprenait vite, mais il raisonnait comme une grande personne.

Or, depuis quelques jours, lorsqu'il rentrait à la maison, il s'enfermait dans le silence et faisait preuve d'une certaine nervosité, ce qui était contraire à son tempérament. Après le dîner, dans la salle commune, il s'approchait de son père comme s'il voulait lui dire quelque chose, mais il s'en éloignait presque aussitôt et renouvelait ce manège plusieurs fois avant d'aller se coucher. Volkan ne s'en était pas aperçu, au contraire de sa mère, étonnée de ce va-et-vient insolite. Son instinct l'avertissait que son fils était perturbé, mais elle n'en devinait pas la cause.

Un soir, n'y tenant plus, Nazim avoua son tourment. Après avoir touché à peine au dîner, d'une voix émue et tremblante, il dit brusquement à son père :

— Je voudrais te dire quelque chose, mais promets-moi de ne pas me gronder.

— Dis toujours, nous verrons après, répondit Volkan.

— Je crains que tu me refuses ce que je désire.

— Si tu ne me dis pas ce que tu veux, tu ne risques pas d'obtenir satisfaction !

— Je ne sais pas ce qu'il a, intervint Alev. Depuis quelques jours, il tourne en rond, il s'énerve sans raison... J'ai failli t'en parler.

— Parle donc ! reprit le père.

— Je ne peux pas, les mots ne viennent pas.

— Alors, va te coucher !

Nazim s'apprêtait à partir, quand sa mère le retint par le bras et l'encouragea à parler. Il hésitait encore, une main contre sa gorge nouée par l'émotion. Les encouragements d'Alev eurent finalement raison de sa réticence et il lâcha dans un souffle :

— Je voudrais fréquenter l'école citoyenne comme le fils du juge.

— Qui t'a mis de telles idées en tête, petit misérable ? s'emporta Volkan. Je parie que c'est le juge, ou alors, son fils aîné. Ce juge de malheur ne me laissera donc jamais tranquille !

— Je te jure que personne ne m'a incité à faire cela, papa !

— Espères-tu me convaincre que tu as trouvé ça tout seul ?

— Je voudrais faire comme les fils du juge et des notables du village. Ces enfants fréquentent l'école citoyenne de la ville de Muğla, ils ont des cartables remplis de beaux livres, ils écrivent sans qu'il soit besoin de leur tenir la main et ils comprennent tout ce qu'ils récitent.

— Tu n'as pas besoin de te farcir l'esprit avec toutes ces niaiseries. Tout ce qui m'importe, c'est que tu saches réciter correctement ta prière et cultiver convenablement les champs, c'est le plus. Cela te suffira très largement.

— Les fils du juge et les autres enfants jouent et parlent d'histoire, de calcul mental. Ils utilisent même quelques mots espagnols.

— Tu n'as rien à faire avec ces gens-là.

— Dans ce cas, pourquoi parles-tu à leurs pères, toi ?

Sous l'effet de ce qu'il considérait comme une insulte, Volkan faillit céder à la colère qui montait en lui, mais il réussit à se maîtriser et envoya son fils à tous les diables.

Il n'était guère préparé à ce souhait inattendu de son fils. Il se croyait destiné à perpétuer les anciennes traditions de sa famille : ne rien livrer rien au hasard, se méfier des nouveautés, considérer comme hautement respectable tout ce qu'avaient accompli leurs ancêtres. Il aimait répéter comme un principe immuable cette phrase qui résumait leur vie :

« Les anciens ont tout dit, tout fait, tout prévu. Ce serait une vanité dangereuse que de déranger l'ordre établi depuis des siècles, de renoncer aux vieilles traditions pour des habitudes excentriques dont l'utilité reste à démontrer et qui, par-dessus tout, ne sont pas les nôtres. Profitons plutôt de la moralité que nous ont laissée ceux qui nous ont précédés. »

Donner à son fils l'occasion de piétiner les règles intangibles de la morale musulmane, cela dépassait tout entendement. Le lancer dans l'inconnu d'une vie importée de l'Occident, une vie faite de futilités et d'inconséquences, à ses yeux, c'était un véritable crime. De plus, faire de son enfant un déclassé ou un déraciné serait indigne d'un bon musulman.

Tout cela lui remua l'esprit dès qu'il se mit au lit. Certes, il était déterminé à ne pas tenir compte du désir exprimé par son fils ; il reconnaissait néanmoins que sa requête méritait une réponse. Il essaya de ne plus y penser et de se réfugier dans le sommeil. Hélas ! Malgré tous ses efforts, ces pensées resurgissaient de plus belle.

« Non, mon fils n'ira pas à l'école citoyenne ! se persuadait-il avec une énergie qu'il sentait tout de même faiblir. Je ne veux pas qu'il se comporte plus tard comme le juge, le médecin ou l'écrivain public, ces gens qui se comportent de façon bizarre et boivent des choses qui leur font perdre la tête. Il est tellement rare de rencontrer ces messieurs à la Mosquée, et même de les voir s'intéresser à leurs devoirs religieux. Sont-ils réellement croyants ? Ils sont à cheval entre deux cultures, ils détruisent par leur libertinage les fondements de nos croyances. Il faut pourtant demeurer ce que l'on est : "Manger sur les deux joues", c'est le signe d'un manque de conscience et l'indice d'une foi chancelante. »

Il avait beau s'obstiner et essayer de s'opposer aux intentions de son fils, sa pensée prenait malgré lui une direction opposée à ses convictions.

« C'est vrai que mon fils est intelligent, se disait-il. Ses idées ne sont pas celles d'un enfant de son âge. Alors… ? Qui de nous deux a raison ? Le petit voit parfaitement ses intérêts, mais, à son âge, il ignore les dangers de s'exposer à la culture occidentale. En effet, tous ceux qui se sont frottés à cette culture ont acquis des habitudes néfastes. Ils se sont liés à une catégorie d'individus particuliers, loin de l'islam et souvent en révolte contre Dieu. Mon ami le juge, par exemple, est un homme vraiment complexe. On dit qu'il a fait ses études de droit en Suisse et son apprentissage théologique à l'Île de Chakli, près d'Istanbul. Il est sans nul doute intelligent, il a toujours le dernier mot, il s'enrichit de jour en jour et il exploite magnifiquement son instruction. Mais qui est-il vraiment en dehors du tribunal où, je dois le reconnaître, il apparaît sous les traits du bon musulman qu'il aurait dû toujours être ? Parfois, il boit et, sans se soucier de l'opinion des hommes de foi, il se met à chanter des chansons de Joséphine Baker, une chanteuse et danseuse française d'origine américaine. Il les chante même en français, étant donné qu'il a résidé quelque temps à Paris.

Sans ce danger, je laisserais volontiers Nazim fréquenter l'école citoyenne. Il en retirerait, je n'en doute pas, un profit matériel appréciable, car il est assez doué pour se forger un bel avenir. Il serait même plus indépendant et n'aurait besoin de personne. Je reconnais que l'ignorance a de graves inconvénients. D'ailleurs, par manque de culture, j'agis souvent en aveugle. Je voudrais que Nazim échappe à cette servitude, mais qu'il ne renonce pas pour autant au respect qu'il doit à sa religion. Les avantages de la vie matérielle ici-bas ne sauraient compenser le bonheur éternel promis à tout bon musulman. Il faut choisir et, en ce qui me concerne, la chose a été faite par mon père ».

À cet instant, il poussa un profond soupir.

— Qu'as-tu donc ce soir ? Tu me sembles bien agité, dit Alev que les multiples changements de position de Volkan avaient fini par éveiller. Tu ne dors pas ?

— Ton fils m'a versé du poison dans le cœur. Il me tourmente avec ses idées extravagantes. Je ne sais pas ce qui m'attend s'il continue sur cette voie.

— Que d'inquiétude pour si peu ! Laisse donc ce pauvre petit aller où il veut ! Il est si raisonnable qu'il ne saurait commettre des folies. Après tout, quel mal y a-t-il à ce qu'il fréquente l'école citoyenne ? Dès l'instant où tu l'as condamné à quitter la maison, il vaut mieux qu'il fréquente les enfants des meilleures familles du village, tu ne crois pas ? Tu es riche, tu t'habilles en grand seigneur ; ton fils doit profiter, lui aussi des généreux dons que nous recevons.

— C'est ce que je me dis depuis un moment, femme… mais je n'arrive pas à me décider. Le savoir qu'il va acquérir à l'école citoyenne est incontestablement plus utile que celui de l'école coranique. L'inconvénient, c'est que l'enseignement dans cette école risque de lui faire oublier sa religion.

— La religion ! Tu n'as que ce mot à la bouche ! Ce n'est pourtant pas la religion qui fait pousser ton blé. Il pousse grâce au matériel fabriqué par ceux que tu appelles « mécréants ». Tous les médicaments et les vaccins que nous utilisons contre les épidémies, ce sont eux qui les ont inventés. Vous autres, les défenseurs de la religion, comment feriez-vous sans eux ? Tu veux remplacer Dieu et mener les choses à ta façon. Or, Dieu guide les musulmans aussi bien que les non-musulmans. Je ne suis qu'une femme, mais je sais que toute cette haine et ce rejet de l'autre sont le fruit de la culture de la négation.

— Ce que tu dis là est sensé, femme. Pourtant, les nombreux exemples que j'ai sous les yeux m'inspirent des inquiétudes pour l'avenir de notre enfant.

— Tu as peur de quoi ? Qu'il devienne distingué, respecté, utile à ses semblables ?

— Non, je crains qu'il oublie Dieu.

— Si je comprends bien, tu voudrais influencer Dieu, corriger ses décisions et fixer le destin de ton fils en l'incorporant de force dans le cadre où tu as vécu, mais que tu désertes souvent malgré toi : celui de l'ignorance. Laisse-le donc aller à l'école citoyenne. Dieu le guidera certainement dans la voie de la sagesse.

— Non, je ne puis me résoudre à faire de Nazim un renégat : mes pères me le reprocheraient là-haut.

— Si tu prenais, l'avis de ton ami le juge ?

— Lui ? Il me conseillera plutôt de l'envoyer à l'université de La Sorbonne en France ou à celle de Bologne en Italie, tant il s'est épris de tout ce qui est occidental.

— Pourquoi fréquentes-tu alors des hommes que tu n'aimes pas et que tu considères comme une menace pour l'islam ?

— Je ne les fréquente que si j'ai besoin de leurs services, mais je ne les ai jamais considérés comme de vrais musulmans. Par contre, je ne peux pas leur dire ouvertement que ce ne sont que des mécréants uniquement intéressés par les avantages de leur vie matérielle.

— Si tu étais bon musulman comme tu le prétends, tu les fuirais comme on fuit le feu. Tu passes ton temps à leur baiser la tête et les mains et tu voudrais que je prenne au sérieux tes critiques à leur encontre ? Au lieu de voir mon fils embrasser la tête des autres, je préférerais que l'on baise sa tête à lui.

— Tu ne peux pas comprendre ces choses-là…

— Hélas ! Je ne comprends que trop. C'est tout ce que tu trouves à dire quand tu es à court d'arguments. Laisse-moi dormir, c'est ce qu'il y a de plus sage pour le moment.

Volkan se replongea dans ses réflexions. La réplique judicieuse de sa femme avait encore accru son indécision et échauffé son esprit.

Devait-il se résoudre à laisser Nazim fréquenter l'école citoyenne ? Avait-il le droit, lui, en tant que père, de contrarier son fils ? De briser son élan vers ce qui semblait être la science ? Serait-il un jour, désarmé comme lui devant la nécessité de soustraire son enfant à l'influence des idées innovantes qui envahissent de plus en plus les espaces et les esprits musulmans ?

Ces questions étaient trop graves pour qu'il puisse prendre sur-le-champ une initiative qui engagerait autant sa responsabilité. Malgré son antipathie envers le juge, il se résolut de lui en parler le lendemain. Cette décision prise, il connut enfin les douceurs du sommeil.

En descendant vers le village, toujours obsédé par les soucis de la veille, Volkan s'interrogeait sur l'opportunité de cette visite au juge. Finalement, la question de l'école citoyenne ne relevait-elle pas de sa seule conscience ?

« Est-ce prudent de ma part, se dit-il, d'affronter le juge sur un sujet qui lui tient à cœur ? Je suis sûr de sa réponse. Il prendra le parti de Nazim et me dira encore des choses désagréables. Le connaissant, ses arguments viendront facilement à bout de mes raisonnements. Pourtant, je n'ai pas l'intention de céder du premier coup sur un sujet aussi important. Je dois montrer au juge et à ma femme que je sais rester maître de mes décisions. Nazim ne doit jamais ignorer que son avenir est entre mes mains, et que je le préserve autant que possible de ses déplorables caprices. »

Il se rendit tout de même au Tribunal, où c'était le jour d'audience. Le juge, les greffiers et les auxiliaires occupaient le fond de la salle, séparés du public par une barrière en bois. Le garde-champêtre circulait au milieu du prétoire en rappelant à l'ordre ceux qui ne faisaient aucune différence entre ces lieux solennels et une cafétéria turque.

Le juge était occupé, sermonnant les uns, menaçant les autres des foudres de la loi. Son impartialité se heurtait parfois à l'ignorance des plaideurs qui prétendaient, comme dans tous les pays du monde, détenir chacun la vérité. Le juge était alors contraint d'employer des formules plus fermes. Pendant que les greffiers noircissaient les feuillets blancs de leurs énormes registres, les condamnés criaient qu'ils allaient faire appel.

En habitué, Volkan se faufila vers les chaises réservées aux personnes de marque, un privilège qui lui était reconnu au Tribunal de Kayaköy. Mais sa pensée prit tout de suite un autre cours, et durant toute la matinée, il ne songea qu'au but de sa visite. Après l'audience, il salua le juge et ses greffiers, puis il invita le magistrat à lui accorder quelques minutes devant un café.

— Reviens vers seize heures, lui répondit assez sèchement son ami.

L'attitude du juge le surprit et il faillit remonter à la ferme. Il se retint cependant, déterminé à en finir avec une situation qu'il ne pouvait régler seul. Il devait prendre conseil auprès de gens compétents, c'était l'évidence même.

Pendant ce temps, bien qu'affecté par la sévérité de son père, Nazim avait repris le chemin de l'école coranique. Il était pourtant décidé à tenter le tout pour le tout pour vaincre les réticences de ses parents.

« Soit je fréquenterai les deux écoles, soit je n'irai nulle part, se disait-il. Je ferai le berger. » De ce fait, il resta silencieux dans la classe durant toute la journée, manifestant à plusieurs reprises par des sautes d'humeur, l'inquiétude qui le rongeait.

Se rendrait-il une seconde fois chez le juge ? Telle était la question qui taraudait Volkan depuis midi. Puis, soudain, il se leva du banc où il se tenait depuis la fin du déjeuner et se dirigea vers le Tribunal. Il y attendit longtemps son ami. Celui-ci accourut enfin à sa rencontre.

— Qu'y a-t-il ? questionna aussitôt le juge.

— Il y a, répondit le fermier, que mon fils aîné, j'ignore à cause de qui, voudrait m'imposer sa volonté.

— J'imagine mal une personne extérieure osant te donner des ordres. Qu'a-t-il donc fait, ce petit ?

— Il veut aller à l'école citoyenne.

— C'est merveilleux ! Ton fils est plus intelligent que toi, Volkan. Tu devrais remercier Dieu de cet heureux événement.

— C'est tout ce que tu trouves à me dire ? Je savais que tu allais m'humilier. Je me demande pourquoi je suis venu !

— Excuse-moi, mon ami, mais la chose est si surprenante ! Raconte-moi : comment cela est-il arrivé ?

— Il m'a demandé de fréquenter l'école citoyenne, comme tes enfants et ceux des fonctionnaires du village.

— C'est tout ? Qu'attends-tu pour lui donner satisfaction ?

— Je ne veux pas de cela.

— Pourquoi ?

— Tout d'abord, je tiens à ce qu'il soit paysan comme son père. Ensuite, je refuse qu'il devienne un égaré, un renégat de sa religion et de sa famille. Nous sommes musulmans, nous autres.

— Malgré tes insinuations, je ne veux pas me fâcher avec toi, Volkan. Il y a longtemps que je sais ce que tu penses des gens de mon espèce, fruits de l'école citoyenne. Toi et tes semblables, vous restez en contact avec nous parce que vous avez besoin de nous. Au fond, vous nous détestez et vous nous considérez comme des mécréants, des gens sans foi et sans conscience. Vous êtes injustes. À votre décharge, vous êtes tous des ignorants. Vous n'avez pas le droit de nous juger parce que nous sommes en avance sur vous. Nous possédons ce que l'on appelle les sciences humaines, nous avons acquis les connaissances rationnelles de la civilisation occidentale, nous sommes au courant des grands faits de l'histoire de l'humanité et nous sommes capables de pénétrer par là le sens de toutes les religions. Tout cela fait de nous des êtres quelque peu marginaux dans les pays musulmans, je te l'accorde. La population ne peut nous juger raisonnablement, faute d'éléments d'appréciation. Les coreligionnaires fondamentalistes de ton genre ne nous pardonnent pas notre ouverture sur le monde. Ils sont cloîtrés dans une attitude doctrinale de conservatisme intransigeant. L'éducation offerte par l'école citoyenne ne peut qu'aider au rapprochement des différentes cultures, mais cela, ils ne le comprennent pas. Le progrès doit permettre de façonner un monde dans lequel les êtres humains voudront vivre ensemble. Malgré tout ce que vous pouvez dire, nous sommes obligés de servir de trait d'union avec vous ; parce que nous vous aimons et que nous ne voulons pas vous abandonner. C'est pourquoi je ne fais aucun cas de tes insinuations malintentionnées. Aux sceptiques, je réponds toujours par le sourire.

Puis, il poursuivit :

— Si tu étais en état de me comprendre Volkan, je te dirais qu'il est absurde de juger au travers de ton prisme personnel, ou selon la norme d'une époque qui n'a rien à voir avec la nôtre. Il n'est pas facile de reproduire dans sa totalité les réalités d'une époque historique lointaine. Cette difficulté, qui consiste à donner à l'histoire son visage originel, ne doit pas constituer un handicap pour reconstruire quelque chose de nouveau. De nos jours, les fondamentalistes comme toi prétendent reproduire le vécu de la foi de leurs pieux ancêtres. Cette prétention est irréaliste ! Non seulement parce qu'il est déraisonnable de transférer une époque historique, datant de plusieurs siècles, vers une autre époque. S'adapter à notre époque est une nécessité vitale, sans quoi la spiritualité de la nation musulmane sombrera dans le fatalisme et dans les idéologies passéistes, donc contraires aux progrès et à l'intérêt de l'humanité. C'est dans cette direction que nos efforts devront converger pour faire correspondre la vérité universelle – et pas la vérité triviale – avec les besoins, les nécessités, les réalités et surtout les expériences contemporaines. Relevons ce défi au lieu de rester rivés aux utilités tributaires des expériences bédouines reproduites à travers le vocabulaire coranique.

Encore une fois, je juge s'accorda une pause, puis continua :

— T'es-tu demandé pourquoi, à tes yeux, je suis un être déconcertant ? Non, n'est-ce pas ? La raison en est pourtant bien simple : j'ai été façonné ainsi, à mon insu, sans aucune intervention de ma propre volonté. Mes parents n'y ont aucune part de responsabilité non plus. Je subis mon destin. Je joue le rôle que m'ont assigné les circonstances. J'accepte ce rôle ingrat parce que j'ai conscience de remplir une tâche hautement humaine.

— Je crois pourtant que tu es en colère, mon ami, répliqua Volkan avec un sourire qu'il voulait ironique.

— Excuse-moi, j'avais oublié que j'avais affaire à un homme incapable de suivre mes propos. Quoi qu'il en soit, Volkan, cesse de dire du mal des personnes dont tu ne peux comprendre l'attitude et laisse Nazim fréquenter l'école citoyenne. Je ne te garantis pas qu'il soit heureux, mais je peux t'affirmer qu'il sera moins handicapé par la suite, dans une vie qui s'avère de plus en plus rugueuse. Bonsoir !

Le juge se leva et quitta le Tribunal, laissant Volkan stupéfait d'un départ aussi brutal.

Volkan rentra chez lui assez tard et de fort mauvaise humeur.

« Quelle idée d'être allé voir ce maboul, se reprochait-il. Notre juge devient fou, on ne comprend plus ce qu'il dit. On prétend d'ailleurs que de tels accidents arrivent aux gens très instruits. La science leur tourne la tête ! C'est cela que Nazim voudrait que je fasse de lui ? Quelle naïveté ! Au fond, je dois remercier le juge de m'avoir définitivement ouvert les yeux sur les dangers d'une grande instruction. À présent, c'est décidé : je n'écouterai plus que moi-même. Je ne transigerai plus. Quand Nazim aura appris quelques versets supplémentaires du Coran, il rentrera définitivement à la maison. »

À son retour, Volkan ne put éviter les questions embarrassantes de son épouse.

— Ne me rappelle plus cette triste journée, s'il te plaît ! J'ai demandé l'avis du juge, il m'a répondu longuement, mais que le diable me damne si j'ai compris quelque chose à ce qu'il m'a raconté ! Entre nous, je crois que notre ami commence à perdre la raison.

— Il t'a parlé en turc ?

— Oui.

— Comment se fait-il alors que tu n'aies rien compris ?

— Comment veux-tu que je comprenne le turc des livres ? Je ne suis pas instruit, moi !

Après un moment de silence, sa femme revint à la charge :

— Écoute, dit-elle, pourquoi nous tourmenter de la sorte, alors que nous avons un moyen infaillible de déterminer l'avenir de Nazim ? Allons consulter Gizem, la voyante du village de Belen. Nous saurons alors à quoi nous en tenir. Rappelle-toi son rôle dans la conception de notre fils ! Puisque Dieu semble nous protéger, il ne peut refuser de révéler sa volonté.

— Tu sais que je n'aime pas ce genre de femme. Est-ce bien sensé de notre part d'essayer de forcer les secrets de Dieu ? Un bon musulman ne peut se livrer à ces pratiques fétichistes.

— Il me semble que nous ne ferons de mal à personne en entreprenant ce pèlerinage. Toute la région va consulter la sage Gizem. Personne ne prend une décision grave avant d'entendre ses prophéties.

— N'exagère pas : seules les bonnes femmes s'adressent à elle. Comme elle descend d'une vieille famille sainte, elle ne peut pas recevoir d'hommes pour ses voyances.

— Détrompe-toi : les plus hautes personnalités l'ont visitée et continuent de la consulter. Il paraît qu'elle appelle ses clients par leur nom et qu'ils reviennent tous avec des renseignements précis à propos de leurs problèmes. Renseigne-toi au village et tu verras.

— Soit ! Si tu le souhaites, j'irai la voir.

— Nous irons ensemble, sinon tu n'iras pas.

— Supporteras-tu les fatigues d'un si long trajet en pleine montagne ?

— Nous avons, Dieu merci, assez de mulets au pied sûr.

Volkan qu'une telle expédition n'enchantait pas vraiment, se tut et n'évoqua plus le souhait de Nazim durant quelques jours. Alev respecta d'abord son silence, puis relança le projet de voyage au sanctuaire de la sage Gizem. Elle se faisait chaque nuit plus pressante. Excédé, Volkan céda finalement et promit de la conduire chez la voyante, le jour qu'elle fixerait elle-même.

Alev eut à peine le temps de faire ses préparatifs, car, le lendemain, à l'aube, elle enfourchait un mulet pendant que Volkan faisait de même avec une autre bête. Ils partirent sous la conduite de deux garçons de la ferme.

La sage Gizem était issue d'une sainte famille installée dans une citadelle érigée à l'époque de l'Empire ottoman. Ce vaste bâtiment occupait le milieu d'une grande clairière sur le flanc boisé de la montagne. L'habitation était entourée par de nombreux taudis occupés par les domestiques de la Sainte Famille. Cette citadelle se distinguait des autres hameaux par ses murs en pierre et ses tuiles rouges qui apportaient une note claire sur la teinte sombre du paysage. Le bâtiment comportait plusieurs pièces éclairées par des fenêtres. Le sol était en terre battue.

La devineresse se tenait dans une grande pièce, installée sur un large trône en planches recouvert de plusieurs matelas et d'une profusion de kilims. Elle ne descendait que fort rarement de ce somptueux piédestal. À sa droite, le mur était percé d'une ouverture circulaire d'où elle donnait ses ordres aux femmes de la salle commune.

Gizem avait dû être très belle. Ses traits, fins, mais alourdis, l'attestaient. Elle avait donné le jour à de nombreux enfants, tous ravissants. Elle avait renoncé aux joies de la vie vers la quarantaine, quand elle avait senti les esprits pénétrer en elle. Elle recevait les hommes comme les femmes et s'ingéniait à deviner les soucis de chacun. On n'allait jamais la trouver les mains vides et la situation de son mari était devenue plus qu'enviable depuis qu'elle travaillait dans la citadelle. Elle lui avait permis d'épouser une jeune et jolie fille, elle contrôlait l'emploi des revenus et elle menait tout son monde avec l'autorité d'une sultane.

Volkan et son épouse arrivèrent dans la citadelle assez tard dans la matinée. Le personnel masculin s'éclipsa aussitôt à la vue d'une femme de cette qualité. Deux autres femmes se chargèrent alors d'emmener la monture d'Alev à l'intérieur de l'habitation.

Quelques instants plus tard, Volkan pénétrait dans la maison des hôtes où un repas composé de galettes chaudes et d'ayran, une boisson lactée à base de yaourt très prisée en Turquie, lui fut servi. Le riche paysan ayant manifesté son désir de repartir le jour même, la prophétesse reçut immédiatement Alev et son mari. Volkan fut réellement impressionné par la majesté de la voyante, au point qu'il n'osait pas la regarder. Au contraire, Alev se campa carrément devant elle et, résolue à lui arracher ses secrets, elle crut bon de lui adresser quelques compliments. La sainte femme demeura néanmoins silencieuse, la tête renversée et le regard vide. Volkan jugea ce silence de mauvais augure. Enfin, elle se mit à parler toute seule, feignant d'ignorer la présence des deux visiteurs. Elle commença par ces mots :

— Volkan est venu tout seul, sans accompagner les autres personnes venues pour ma consultation.

Puis, elle se mit à rire doucement et s'exclama enfin :

— Oui, on vient me voir lorsqu'on est embarrassé, croyant que je peux arrêter le vent de souffler, qu'il m'est possible de détourner les déluges violents, de faire vêler les vaches tous les ans, de donner beaucoup d'enfants aux femmes stériles… !

Elle parla longtemps à bâtons rompus. Alev, les yeux rivés aux lèvres de la voyante, essayait de donner un sens aux allégories que son mari prenait pour des délires. Enfin, presque épuisée, la devineresse posa pour la première fois ses yeux dans ceux de son visiteur et lui dit :

— Ce pauvre enfant… Il me fait pitié ! On veut l'empêcher d'apprendre à monter à cheval, on ne veut pas qu'il devienne bon cavalier…

Sur ces derniers mots, elle ferma les yeux, s'effondra sur son lit et s'endormit en répétant doucement :

— C'est permis… C'est permis.

Cette phrase marquait le signal du départ et surtout celui de la victoire de Nazim.

5

Les parents de Nazim comprirent enfin l'allégorie du bon cavalier, mentionnée par la sainte Gizem, sur le chemin de retour. Alev en éprouva une certaine fierté et fit remarquer à son mari que, finalement, ses avis n'étaient pas toujours à mépriser.

Malgré cela, dans l'esprit de Volkan, la métaphore de la sibylle ne s'appliquait pas nécessairement à son fils. Pour couper court à toute discussion et pour ne pas raviver une polémique déjà suffisamment énervante, il promit toutefois de se conformer à l'avertissement reçu. Nazim irait donc à l'école citoyenne.

Le lendemain, il prit donc le chemin du Tribunal. Sitôt en présence du magistrat, il le salua en affichant un respect quelque peu surfait.

— Puisque tu trouves mon fils beaucoup plus intelligent que moi, fais donc de lui un phénix : je te le confie.

— Je veillerai sur ses études comme je veille sur celles de mes enfants, répondit le juge, agréablement surpris par cette décision. Je verrai tout à l'heure le directeur de l'école et lui recommanderai tout particulièrement ton fils.

— Je te laisse carte blanche. Moi, je n'entends rien à ces histoires d'école ! Tu voudras bien lui trouver une pension ? Comme l'école est loin de chez nous, il ne pourra pas déjeuner à la maison et il ne rentrera désormais à la ferme que le soir.

— La pension est toute trouvée, mon ami : ton fils mangera avec les miens, voilà tout.

— Si tu appliques le même tarif qu'au tribunal, tu vas me ruiner !

— Tu paieras plus cher, car tu as de quoi… Encore que ce genre de compte n'existe pas entre amis !

Volkan fut touché par la générosité de son ami. L'après-midi même, le magistrat se rendit à l'école et supplia Monsieur Ersin, le directeur, de réserver une place pour le fils de l'un de ses intimes. Monsieur Ersin émit d'abord quelques réticences, car l'arrivée tardive de Nazim allait perturber la progression de toute une classe. Le juge y mit tant d'instances charmantes que Monsieur Ersin finit par accepter la nouvelle recrue, Nazim serait reçu dès le lendemain.

À la ferme, après le dîner, Volkan annonça solennellement à sa femme et à son fils qu'il avait sollicité l'entrée de Nazim à l'école citoyenne. Le petit se jeta dans ses bras et l'embrassa avec reconnaissance. Pour ne pas faire de jaloux, il associa également sa mère à cet élan spontané de gratitude.

Le jour suivant, dès son arrivée à l'école coranique, le fils du juge aborda Nazim avec un air mystérieux et lui souffla la bonne nouvelle à l'oreille.

— Tout à l'heure, tu m'accompagneras à l'école citoyenne.

Nazim était si heureux que, durant toute l'heure consacrée aux études coraniques, les caractères écrits sur sa planchette semblaient danser devant ses yeux.

Arriva la fin du cours. Comme à son habitude, le maître ordonna aux élèves fréquentant l'école citoyenne de s'en aller. Il fut alors surpris de voir le fils de Volkan se lever, accrocher sa planchette au clou et se joindre au fils du juge. Il comprit que toute réflexion serait superflue.

À l'école citoyenne, Monsieur Ersin confia le nouvel arrivé à sa femme, qui ressentit aussitôt une véritable sympathie pour le petit Nazim dont l'air éveillé faisait plaisir à voir. De son côté, Madame Ersin accepta de bon cœur le surcroît de travail dû à l'arrivée impromptue de cet enfant qui ignorait jusqu'aux rudiments de leur langue. Elle l'installa au bout d'une rangée et, sitôt que son enseignement lui laissait quelque répit, elle se consacrait à l'initiation de Nazim. Pour ce faire, elle employa la méthode directe et les résultats furent surprenants. En effet, trois mois plus tard, le nouvel arrivant savait non seulement lire, mais il était capable de copier les textes du tableau noir aussi bien que les meilleurs élèves de la classe.

Doué d'une intelligence particulièrement vive, à dix ans, Nazim savait déjà lire le turc. Il put donc aller de l'avant et assimiler les notions distillées par sa bonne maîtresse. Il apprenait surtout à parler la langue du pays durant les récréations. Son tempérament de battant le portait au mouvement, à l'action, au besoin de briller parmi ses semblables. Aussi, prenait-il part à tous les jeux en s'y consacrant entièrement et loyalement. Cette aptitude le fit aimer de ses camarades pour qui il devint d'abord *küçük dahi*[12], puis *mühendislik*[13] tout court.

Il passait ses heures de loisir chez le juge où l'on ne faisait aucune différence entre lui et les enfants de la maison. Là aussi, il sut conquérir l'affection de ses hôtes par sa réserve et sa franchise parfois maladroite, mais jamais déplacée ; une franchise qu'on ne rencontre généralement pas chez les enfants de son âge. De plus, immergé dans ce milieu essentiellement bourgeois, il acquit en peu de temps un esprit raffiné. En effet, il s'abreuvait à la source même du parfait savoir-vivre de la haute société.

De ce fait, quelques mois plus tard, certaines manières de sa famille le choquèrent si brutalement qu'il se permit de reprendre les siens, affirmant que les choses ne se passaient pas ainsi dans les milieux bien éduqués.

Sa mère prenait en compte toutes ses critiques, malgré les sautes d'humeur de Volkan. Ce dernier avait toutefois choisi d'éviter les disputes à chaque fois que sa femme approuvait les propos de son fils. Nazim souffrait quelque peu de la différence d'éducation entre les deux milieux dans lesquels il partageait son existence. Il essayait instinctivement de rétablir un certain équilibre en incitant ses parents à se comporter comme on le faisait dans la famille du juge. Sa mère lui était en cela d'une aide précieuse. Nazim sentait que cette évolution ne pouvait être utilement menée que par une femme. Il fit donc de sa mère une confidente à qui il ne se livrait qu'en dehors de la présence

---

[12] Le petit génie en langue turque.
[13] Le génie en langue Turquie.

de son père, dont les réticences ne lui échappaient pas. Il l'avait délibérément classé dans la catégorie de ces conservateurs têtus dont il n'y a rien à attendre pour améliorer la sérénité de son entourage. Il était excédé d'entendre son père répéter à satiété :

— Nous sommes musulmans avant tout. Nous n'avons à imiter personne. Notre prophète nous a légué une situation digne d'envie. Ayons la sagesse de la conserver exempte de toute souillure. Je comprends que les Occidentaux profitent des biens de ce monde puisque, dans l'autre, ils seront plongés dans les ténèbres. Si tout réussit aux Nazaréens et aux Juifs, c'est parce que leur destin consiste seulement à accomplir ce qui leur est permis ici-bas. À nous le pouvoir dans l'au-delà !

Nazim réfutait toutes ces affirmations dont il ne percevait qu'un effet consolateur. Pour le moment, à l'école citoyenne, il ne connaissait que Monsieur William Hardy. Celui-ci enseignait l'anglais et vivait depuis quelques années en Turquie. Nazim l'aimait beaucoup et n'imaginait qu'il puisse faire l'objet d'une sanction.

— Non, se disait-il, au jour du jugement dernier, mon maître William Hardy ne pourra figurer que parmi les élus.

Ce professeur était originaire de Stratford-Upon-Avon, une ville du centre de l'Angleterre. Il était venu en Turquie, attiré par un double désir : découvrir ce beau pays à cheval sur deux continents, à savoir l'Europe et l'Asie, et surtout retrouver Sila, son amoureuse Turque d'origine kurde. Ils s'étaient rencontrés à Oxford, alors qu'elle préparait sa thèse « Langues, Littérature et Civilisations étrangères ». Ils s'étaient mariés six mois après son arrivée à Istanbul. Le couple avait décidé d'emménager à l'école citoyenne qui cherchait un maître pour l'enseignement de la langue anglaise et une institutrice pour enseigner l'histoire et la géographie.

Monsieur Hardy était agnostique. Il avait la conviction que la seule religion était celle de l'amour de son prochain. D'ailleurs, il dérogeait souvent aux obligations de sa tache officielle de maître d'Anglais pour aider les autres. Il conseillait et prenait soin de tous ceux qui avaient besoin de son soutien, tant matériel que moral, et ne faisait aucune différence entre lui et toutes ces gens qui les avaient si bien accueillis. De plus en plus enthousiasmé par ce qu'il appelait « la culture du partage », cet instituteur se dépensait sans réserve pour réaliser ce partage qu'il jugeait nécessaire au bonheur de tous.

Madame Sila, son épouse, enseignait ses deux matières avec une souplesse et une abnégation toutes féminines. Tous deux œuvraient sans bruit, sans ostentation, sans aucun désir de récompense. Ils formaient un couple à l'esprit large, ignorant les préjugés de race et les distinctions religieuses. En somme, ils servaient de trait d'union entre deux cultures, rien qu'en laissant parler et agir leur cœur.

Ce couple exemplaire s'imposa très vite à la population, non seulement parce qu'il s'était impliqué avec un naturel peu coutumier dans un environnement aussi délicat pour des étrangers, mais également parce que les deux conjoints étaient d'une honnêteté scrupuleuse, d'une bienveillance de chaque instant et d'une bonté infinie.

Le juge, tout comme Monsieur et Madame Ersin, ne ménageait pas son admiration pour ce couple d'enseignants. Il les aidait de toute son âme dans leur mission et se coupait en quatre pour les soutenir dans cette œuvre magnifique. Il restait le magistrat ouvert et large d'esprit, à chaque instant au service de ses justiciables.

L'école citoyenne se composait d'un coquet bâtiment dont les ailes abritaient les classes, et le centre, le logement des maîtres. Il était situé assez loin de la rue, ce qui avait permis d'aménager une très grande cour plantée de magnifiques platanes. L'ombre des arbres ne permettait plus aux fleurs de s'épanouir dans leurs corbeilles. Par contre, des massifs de jasmin s'accrochaient à la barrière entourant les dépendances de l'école, ainsi qu'aux parties du bâtiment dépourvues d'ouvertures. Les dimensions de la cour offraient aux élèves la liberté d'organiser de grands jeux à la belle saison. En cas d'intempéries hivernales ou sous les chaleurs de l'été, ils se regroupaient sous un immense préau construit contre l'aile droite. Les classes étaient spacieuses, largement éclairées des deux côtés, et décorées avec un goût. Cette ambiance de gaieté jointe à la douceur et au talent pédagogique du couple Ersin faisait de cette école un lieu où l'on se sentait en confiance. Les élèves aimaient beaucoup Monsieur Ersin. Celui-ci les accueillait chaque matin avec plaisir. C'est dans cette atmosphère sympathique que Nazim allait évoluer pour son plus grand profit.

Au début, l'ignorance de la langue turque et de ses règles obligea le jeune garçon à rechercher la compagnie des camarades qu'il harcela aussitôt de questions. Il observait attentivement l'attitude de ses condisciples et s'appliquait à répéter les mots dont il saisissait le sens d'après leurs gestes. Il prenait également part à leurs jeux, qu'il égayait de ses maladresses et de ses rires sonores. En général, ses compagnons le ménageaient et lui reprochaient rarement de ne pas respecter les règles du jeu.

Quelques mauvais gamins prirent cependant l'habitude de se moquer de lui. Comme il ne saisissait pas les plaisanteries qui lui étaient adressées, il les laissa d'abord faire. Ils considéraient même son absence de réaction comme un encouragement. Aucune taquinerie, farce ou bousculade ne lui furent donc épargnées… jusqu'au moment où il comprit leurs intentions. Sa riposte ne se fit guère attendre. En effet, l'un d'eux poussa un jour la plaisanterie jusqu'à le piquer dans la nuque avec une épingle. Nazim se retourna, attaqua vigoureusement son agresseur et l'envoya rouler sur le sol d'un magistral coup de tête. Puis, il se jeta sur lui et le bourra consciencieusement de coups de poing et de coups de pied. Les autres chenapans qui taquinaient Nazim, surpris par la rapidité de son attaque, n'eurent pas le temps d'intervenir. Monsieur Ersin, le directeur, accourut alors et emmena les deux bagarreurs dans son bureau.

La petite enquête à laquelle il se livra démontra que la correction reçue par le petit camarade était méritée. Nazim expliqua posément qu'il n'avait pas supporté de recevoir des coups d'aiguille dans le cou sans riposter. Il s'était montré indifférent à toutes ses railleries, mais il ne pouvait tolérer qu'on le prenne pour un souffre-douleur. Convoqués à leur tour, les auteurs de ces brimades essayèrent de persuader leur maître qu'ils voulaient simplement plaisanter avec Nazim, sans penser à mal.

Le directeur rendit alors sa sentence : d'une part, il réprimanda fermement les gamins ; d'autre part, il fit doucement comprendre à Nazim qu'il ne devait plus recommencer à se battre. Il devait faire preuve de discipline comme ses camarades, et lui, le maître, était là pour le protéger. Nazim retint la leçon et cet incident eut pour effet de faire cesser comme par enchantement les tracasseries qu'il subissait jusqu'alors. La volée administrée à son camarade imprudent y était pour beaucoup.

Guidé adroitement par le juge, le fils de Volkan fit des progrès sensibles en conversation. À la fin de l'année scolaire, il était devenu l'un des meilleurs élèves de la classe. Ses résultats au cours de la deuxième année furent même prodigieux. Nazim n'était pas seulement en tête de sa classe, mais il se comportait comme un élève très éveillé, intelligent et surtout très curieux.

Son caractère s'affirma alors dans toute son originalité : studieux, correct envers ses maîtres comme avec ses camarades, il suscitait la sympathie et on lui adressait de partout des sourires amicaux. Il aimait passionnément les exercices physiques, voire des jeux dangereux au cours lesquels il se dépensait avec fougue. Son corps sain et vigoureux n'était-il pas habitué depuis sa plus tendre enfance aux pratiques les plus rudes ? Aucun obstacle ne lui résistait. À la ferme, son passe-temps favori consistait à monter les chevaux de son père et à se livrer à des courses effrénées.

Il continuait de fréquenter l'école coranique et ne s'y comportait pas moins brillamment qu'à l'école citoyenne. Il manifestait toujours autant d'attention pour son maître Recep, mais plaignait intérieurement ses petits camarades qui ne connaîtraient jamais les bienfaits de l'instruction de l'école citoyenne.

Deux ans plus tard, il se retrouva dans la même classe que le fils du juge. L'examen pour l'obtention du certificat d'études primaires était prévu à la fin de l'année scolaire. Nazim avait alors treize ans, mais il paraissait plus âgé, étant donné sa constitution robuste.

Il n'abusait pas pour autant de ses privilèges. Au contraire, il demeurait modeste et Monsieur et Madame Ersin l'estimaient tout particulièrement pour cela. Ils étaient si fiers de lui inculquer leur savoir ! Toutefois, leur nature droite les poussait peut-être à une certaine imprudence. En effet, manifester autant d'attentions au jeune Nazim suscitait pas mal de jalousies. Pour beaucoup de ses camarades, ce dernier n'était plus le génie auquel ils souriaient avec bienveillance ; il était devenu un dangereux concurrent, et même un adversaire qui les dépassait et qu'il fallait à tout prix rabaisser.

Le chemin qui mène à la jalousie est à la fois hypocrite et sournois. À l'école, beaucoup d'élèves s'y engagèrent imprudemment. En classe, ils prétendaient que les bonnes notes étaient réservées à Nazim. On n'encourageait ou ne récompensait que lui. Durant les récréations, ils l'acceptaient dans leurs jeux, uniquement parce qu'ils ne pouvaient faire autrement.

Sans en deviner la raison profonde, Nazim avait parfaitement ressenti ce début d'hostilité. Pourtant, il ne changea rien à ses habitudes : il fit toujours preuve de franchise envers ses camarades, mais demeura intraitable sur tout ce qui pouvait affecter sa dignité. Il n'admettrait jamais d'être considéré comme inférieur aux autres, sous prétexte qu'il était simplement fils de paysan. En aucune circonstance, ni son travail ni sa conduite ne l'avaient mis en état d'infériorité. Il s'attribuait une condition égale à celle de tous ses camarades, qu'ils soient fils de bourgeois ou de haut dignitaire comme, par exemple, les fils du juge qu'il aimait comme des frères. Il n'attaquait personne, mais, en contrepartie, il ne pardonnait aucune humiliation.

Au cours d'une récréation, un incident permit à Monsieur Ersin de découvrir l'état d'esprit regrettable qui régnait dans son école. Il en fut très affecté, persuadé qu'il avait éduqué honnêtement le petit monde qui lui avait été confié. Or, la scène dont il fut témoin le jeta dans un douloureux effarement : au cours d'un jeu, Nazim renversa, dans un élan fou, un camarade de sa classe avec qui il roula sur le sable de la cour. Il se releva en riant sans s'appesantir sur ce genre d'incident, si fréquent lors de leurs jeux. L'autre, par contre, vint se planter devant lui, le regard haineux et le traita d'abominable brute. Nazim s'arrêta net, devint pâle et se rua sans hésiter sur son agresseur. Les autres écoliers formèrent aussitôt un cercle autour d'eux et, sous prétexte de les séparer, l'un d'eux ceintura Nazim tout en lui martelant le dos.

Celui-ci lâcha son adversaire, se retourna et se jeta, poings en avant, sur la meute de ses petits agresseurs. La mêlée devint générale et Nazim dut se défendre contre plusieurs camarades qui le cognaient. Heureusement, Monsieur Ersin accourut à temps et ordonna immédiatement à tout ce petit monde de rentrer. Pendant de longs instants, il arpenta nerveusement la salle dans un silence de mort, puis il s'adressa à ses élèves :

— Mes enfants, vous me faites de la peine, beaucoup de peine ! Je croyais n'avoir jamais à déplorer dans mon école une scène aussi pénible que celle de tout à l'heure. J'en suis profondément navré. Non parce que deux élèves se sont battus, ce qui arrive malheureusement de plus en plus souvent, mais parce que les raisons de ce pugilat sont indignes d'enfants bien élevés, d'enfants à qui je donne le meilleur de moi-même pour qu'ils soient bons, généreux et humains. Je croyais avoir touché vos petits cœurs, y avoir cultivé des sentiments élevés ; je croyais avoir vaincu en vous la vanité, l'égoïsme et surtout ces odieux préjugés sur les différences entre vous. Je me suis efforcé de faire de vous des garçons sains de corps et d'esprit, conscients de leurs devoirs de bons citoyens, appelés à porter toujours plus haut les valeurs du vivre ensemble, malgré vos différences.

Il les fixa tour à tour et poursuivit :

— Or, que vois-je aujourd'hui ? Des petits esprits, des mentalités étroites, des pauvres cervelles vides de toute pensée altruiste, la seule pourtant qui donne un sens à la vie ! Il reste encore au fond de vous des germes nuisibles, des élans néfastes qui vous incitent à créer stupidement des différences entre frères, entre enfants du même lieu ; des enfants qui respirent le même air et boivent aux mêmes sources de sciences et de morale. Vous en êtes encore, hélas ! à discriminer les hommes selon leur origine, la forme de leurs crânes, la couleur de leur peau ou la nature de leurs croyances. Qu'ont fait les enfants noirs pour naître en Afrique, les uns issus des musulmans, d'autres de parents chrétiens ? Ce sont les hasards de la naissance, et il n'y a pas de lieu de s'en glorifier. En fait, nous sommes tous pétris de la même façon. Nous sommes tous, soit les créatures d'un même Dieu, soit le fruit de combinaisons chimiques dont nous n'avons toujours pas pénétré le secret. L'homme éclairé ne peut, au nom de la religion ou au nom de son appartenance à un pays, décréter qu'il existe des races inférieures ; encore moins des races destinées à servir d'esclaves aux races dites supérieures.

Le maître n'en resta pas là :

— Qui m'a déjà entendu faire des différences entre les hommes ? Invoquer des questions de race ? Admettre les inégalités sociales ? L'homme ne peut s'assurer une suprématie que par son travail ou sa conduite. Je vous aime tous, mais j'avoue préférer ceux qui déploient des efforts productifs et se font remarquer par leur sens moral. Toutes les perversions découlent de l'ignorance. Tout le savoir que vous acquerrez tout au long de votre vie, vous devrez le mettre au service d'une humanité plus accueillante. Regardez autour de vous. Vos parents, quels qu'ils soient, ne sont-ils pas unis dans le même labeur ? N'obéissent-ils pas aux mêmes lois ? Ne servent-ils pas le même idéal national ? Au contraire, ils travaillent à la grandeur de notre nation, ils contribuent à rendre la Turquie puissante et prospère. Allez-vous me couvrir de honte en faisant dire aux gens que Monsieur Ersin n'a fait de ses élèves que des hommes durs, haineux, incapables d'aimer et de se faire aimer ?

— Monsieur, dit Nazim en se levant, je vous comprends et je vous promets d'aimer désormais tous mes camarades. Je ne recommencerai plus à me battre… à moins qu'on ne cherche à m'humilier au-delà de ce que je peux supporter.

— C'est bien, mon petit Nazim, mais ce n'est pas suffisant. Tu dois prendre la décision de ne plus lever la main sur aucun de tes camarades. En contrepartie, tes condisciples ici présents doivent me promettre de ne plus t'offenser.

— Je suis prêt à le promettre si tous les autres vous obéissent également.

Nazim tint sa promesse. D'ailleurs, occupé à la préparation de son examen, il évita tout incident. Il tenait à prouver que l'enfant d'un paysan pouvait aussi bien réussir que n'importe quel autre élève.

6

Aussi étonnant que cela puisse paraître, Nazim avait réussi à conserver sa lucidité et son élan studieux tout au long de la dernière année passée à l'école citoyenne. Il avait pourtant ressenti au cours de cette période, la plus grande peine de sa jeune vie, la première qui touchait profondément son âme remplie d'illusions généreuses. En effet, son père avait pris une seconde femme.

Le chagrin de sa mère l'impressionnait si intensément qu'il en devint malheureux. Il ne concevait pas qu'un être humain puisse pousser l'inconscience ou la cruauté jusqu'à infliger un pareil supplice à celle que, récemment encore, il chérissait tendrement. L'angoisse endurée par sa mère depuis l'annonce de ce mariage stupide avait rendu Nazim agressif jusque dans les appréciations qu'il portait sur son père. Certes, il s'interdisait de le détester, mais quelque chose s'était brisé en lui. Il se sentait comme une sorte d'étranger pour celui dont il avait été si fier et qui incarnait l'homme accompli, le grand travailleur, le père de famille parfait, le musulman compréhensif.

Il savait que la polygamie était chose courante chez les musulmans. Par contre, il en ignorait les effets et soupçonnait encore moins les tragiques situations morales et psychologiques qu'elle engendrait, en particulier chez les enfants qui ressentaient là une véritable injustice. Toutefois, il refusait farouchement de trouver une excuse à l'inqualifiable attitude de son père, même si ce dernier suivait simplement l'exemple de beaucoup de ses coreligionnaires.

Nazim ne comprenait pas la nécessité de contracter cette nouvelle union, mais, en fils respectueux, il voulait éviter tout scandale. Alors, il ne dit rien, même lorsque les fiançailles furent officiellement annoncées. De toute façon, on n'avait pas demandé son avis et il n'avait pas de comptes à rendre à son père, ce qui ne l'empêchait pas de reprocher intérieurement à celui-ci de vouloir détruire son foyer.

Un dimanche où il était resté à la ferme, triste et désœuvré, il se rendit auprès de sa mère et lui demanda naïvement les raisons de ce mariage. Alev regarda longuement son fils et, les yeux pleins de larmes, lui répondit avec résignation :

— Ne te tracasse pas pour moi, mon fils, je subis mon destin. Il était écrit que mon bonheur serait éphémère et que j'endurerais bien des souffrances au milieu des trésors qui m'entourent, et dont mes enfants constituent les plus beaux joyaux.

— Tu ne réponds pas à ma question, insista le jeune garçon. Pourquoi père se marie-t-il et introduit-il une étrangère dans notre famille ?

— Tu es trop jeune pour comprendre ces choses-là. Quand tu seras plus grand, tu saisiras mieux les tourments qu'on inflige à ta mère.

— Je ne veux pas que tu souffres. Quittons cette maison et rendons-nous chez nos oncles.

— Je ne peux pas.

— Pourquoi ?

— Parce que ton père me laisserait partir, mais toute seule. C'est d'ailleurs peut-être ce dont il a envie : me voir partir et vous garder ici. C'est son droit le plus absolu. Moi, au contraire, je ne veux pas vous abandonner, je ne puis vivre sans vous. Je souffrirai beaucoup en demeurant ici, mais j'aurai au moins la consolation de vous avoir autour de moi.

Malgré sa tristesse, elle poursuivit :

— Écoute, mon petit, fais comme si tu ne comprenais pas ce qui se passe et, surtout, ne dis plus de mal à propos de ton père, car il pourrait nous réprimander. Nous ne pouvons rien contre lui. Nous ne pouvons surtout pas échapper à notre destin ; le cours de notre vie est tout tracé. J'ai eu ma part de bonheur, je dois maintenant me résigner et m'incliner devant la volonté de Dieu. J'exagère peut-être… Dis-toi que je ne serai pas à plaindre tant que je vous verrai vivre et grandir à mes côtés. J'attendrai un bonheur d'une autre espèce. Celui que vous me procurerez quand vous serez devenus des hommes. Ce jour-là, vous défendrez votre maman et vous chasserez cette femme que ton père va bientôt nous imposer.

Alev ne pardonnait pas à Volkan d'amener une étrangère dans son lit, mais elle lui en voulait encore davantage d'être allé la chercher dans les milieux les plus modestes.

Sur ce point, il était rudement critiqué par les notables du village qui tenaient à se préserver de toute décadence et maintenir à leur juste valeur le prestige de la bourgeoisie terrienne, ses traditions et son honneur. C'était le seul reproche que suscitait dans le village le mariage choquant de Volkan. Il faut dire que ce dernier n'avait pas fait preuve d'une grande intelligence en voulant épouser la fille d'un de ses domestiques ! Il était riche et Alev était restée belle malgré une légère corpulence, du reste très appréciée dans le monde musulman. Ses nombreuses maternités ne l'avaient nullement fatiguée et, en sa qualité de maîtresse de maison, elle avait acquis l'habitude de l'autorité. Elle avait même atteint un stade de raffinement et de distinction que l'on rencontrait rarement dans le pays. L'insouciance dans laquelle elle avait vécu jusque-là lui avait apporté une profonde sérénité d'âme. De plus, sa gaieté de chaque instant lui conférait un charme plus prenant que celui d'un visage à la froide beauté des traits. Mais Volkan était un enfant du soleil, un homme encore plein de vigueur qui avait choisi de céder à l'appel de ses sens.

Depuis quelques mois, Volkan s'intéressait à Talia, la fille d'Ozan, le surveillant de la ferme. Elle n'était encore qu'une enfant, mais elle s'était développée si rapidement et si précocement, qu'à quatorze ans, elle arborait déjà les formes d'une vraie femme. Au milieu de l'ovale parfait de sa figure fascinante, de longs cils égayaient ses yeux profonds. Brune, élancée et parfaitement proportionnée, elle provoquait chez le riche fermier une tentation quasi sauvage qui attisait son désir. Volkan pensait souvent à cette jeune fille flamboyante, enivré déjà par la perspective de l'acte de procréation.

Volkan prenait plaisir à la regarder. Sa voix résonnait comme une musique. Son sourire naïf découvrait une rangée de perles étincelantes et creusait ses joues de deux fossettes adorables, ce qui bouleversait la sagesse et la retenue des hommes plus âgés.

La jeune gamine avait bien décelé les éclairs de désir dans les yeux de son maître. Elle en parla un jour à sa mère qui, jusque-là, ne s'était pas étonnée des fréquentes visites de Volkan à la maison de ses ouvriers. Or, dès qu'elle comprit, un plan germa dans son esprit et Volkan ne rencontra plus d'autre fille que cette jeune adolescente. En effet, pour le séduire, Talia revêtit sa plus belle toilette, offrit au fermier son sourire le plus engageant et planta longuement son doux regard dans ses yeux affolés. Ce regard et ce sourire devinrent aussitôt indispensables au riche paysan. Il les lui fallait quotidiennement, comme sa tasse de thé.

Hormis la famille Ozan, personne à la ferme ne s'était aperçu de ces manœuvres répétées. L'impatience commençait cependant à gagner la mère Ozan. L'entrée de sa fille dans le foyer du riche fermier était un événement inespéré pour la famille. Or, le moindre retard pouvait anéantir ce rêve magnifique. Comment savoir ce qui se passe dans la tête des hommes ? Ils sont si frivoles ! Peut-être Volkan ne pensait-il qu'à un plaisir passager ? Il fallait tirer la chose au clair. La mère voulait une certitude.

Un soir après un maigre repas, la mère Ozan s'adressa donc à son mari après avoir éloigné Talia.

— Le patron ne se décide toujours pas. Le temps presse et il ne faudrait pas manquer cette occasion. Va le trouver et dis-lui ceci : « Un parent du village voisin a demandé ma fille en mariage. Comme elle vient d'atteindre l'âge de la puberté, ma femme et moi, nous avons décidé d'accepter. Seulement, nous ne pouvons y consentir définitivement sans te consulter. Tu es notre patron et ton avis sera empreint de la plus grande sagesse. Tu surveilleras ses réactions. »

Ozan exécuta à la lettre les consignes de son épouse. Comme la mère de Talia l'avait prévu, Volkan reçut un tel choc, qu'il faillit en perdre l'équilibre. Puis, il se ressaisit et répondit d'une voix tremblante :

— Pourquoi lui chercher un mari aussi loin ? Il vaudrait mieux qu'elle se marie avec quelqu'un d'ici…

— Maître, nous ne sommes que des étrangers… Qui la voudrait dans ce village ? riposta l'astucieux domestique.

— Laisse-moi faire et retourne à ton travail, répliqua Volkan.

Lorsque la mère de Talia apprit ce qui s'était passé, un large sourire éclaira son visage de charogne, découvrant un instant sa bouche édentée.

— Adieu la misère ! À nous la fortune des Volkan ! s'écria-t-elle, donnant libre cours à une joie pleine de folie.

Si Volkan était décidé à prendre pour femme la petite Talia, il avait longtemps hésité à afficher ses intentions, prévoyant les nombreuses difficultés qui ne manqueraient pas de surgir. Tout d'abord du côté d'Alev, qu'il aimait toujours, puis de la part de ses enfants et de ses amis qui ne manqueraient pas de condamner cette union. Il redoutait également la réaction du juge, adversaire irréductible de la polygamie. De plus, l'invasion des Ozan dans sa maison – surtout la mère, qu'il vouait à tous les diables – ne l'enchantait guère.

Il était resté jusqu'alors dans l'expectative, escomptant un événement imprévu qui faciliterait la réalisation de son désir. Dès lors, après l'intervention d'Ozan, qu'il avait cru sincère, il décida d'agir. Hélas ! il le fit maladroitement, car Alev n'était pas dupe de ses manières empressées et de sa façon de s'intéresser à sa santé. Il la suppliait sans arrêt de se ménager. Un soir, où il faisait une fois de plus allusion aux fatigues liées à son âge, elle ne put s'empêcher de lui lancer :

— À quoi riment toutes ces prévenances et cette soudaine sollicitude ? Sois franc ! Quelle idée as-tu derrière la tête ?

— Rien qui ne se rapporte à ton bonheur. Je constate que tu te surmènes, que le travail te pèse et que ta santé s'en ressent.

— Au contraire, je me porte très bien ! Grâce au personnel féminin que tu as eu la bonté de mettre à ma disposition, je n'assume qu'un rôle de surveillance à la maison. Je ne me plains de rien, je suis même très heureuse.

— Non Alev : ce contrôle incessant, tes colères contre les domestiques, le souci de tout vérifier t'épuisent. Il faudrait peut-être t'adjoindre quelqu'un sur qui tu pourras compter et qui te secondera efficacement.

— Nous y voilà ! Tu veux amener une autre femme ici ? Si je ne te suffis plus, c'est ton droit d'en prendre une autre, mais songe au désarroi que cela provoquera dans notre famille.

— Pourquoi un désarroi ? Je suis maître chez moi, un maître capable de mettre tout le monde au pas. Je dirige une affaire beaucoup plus délicate que celle d'empêcher le désordre dans mon ménage.

— Et tes enfants ? Tu y as pensé ?

— Mon père avait trois femmes.

— Tu as déjà fait ton choix ?

— Oui

— De quelle famille est issue l'heureuse élue ?

— Je prends la petite Talia, la fille d'Ozan.

— Comment ! Tu veux donc te déshonorer, malheureux ? Si le diable te tient, choisi, au moins une femme digne de toi !

— Tu ne vois pas tes intérêts, dirait-on. Talia est presque une enfant de la maison. Elle te respectera, t'obéira en toutes circonstances et se comportera humblement, vu ses origines. Elle sera un peu comme ta fille.

— Ma fille ? Misérable !

Alev éteignit rageusement la lumière, tourna le dos à son époux, sanglota longuement dans l'obscurité et attendit le lever du jour avec une angoisse grandissante. Volkan, de son côté, s'endormit en ronflant sans aucun remords.

Quelques jours plus tard, le fermier amoureux croisa Ozan, lui glissa quelques billets dans la main et lui dit :

— Achète tout ce dont Talia aura besoin, je l'épouserai dans quelques jours.

Lorsque la mère de Talia vit entre les mains de son mari la généreuse somme qui constituait la dot de sa fille, la maison tout entière retentit de ses youyous stridents. Le cœur gonflé d'orgueil, transportée de joie devant une telle ascension de l'un de ses enfants, elle annonça la nouvelle sur le seuil de sa maison. En l'espace d'un instant, femmes et hommes accoururent de partout. La surprise fut générale, l'envie aussi, car tous ces humbles domestiques maudirent la fortune qui favorisait l'un d'entre eux. Ce fut donc au milieu d'une sourde hostilité qu'Alev procéda toute seule aux préparatifs du mariage de sa fille.

Volkan se garda bien d'afficher quelque satisfaction. Vu les circonstances et le mauvais accueil de son mariage par l'opinion locale, il renonça à organiser une noce brillante. En guise de solennité, il se contenta d'un simple repas en compagnie de l'imam et des témoins qui assisteraient à la cérémonie religieuse. Même au tribunal, on le vit juste le temps nécessaire à passer l'acte de mariage. Contrairement à ce qu'il craignait, le juge signa cet acte sans dire un mot. Puis, Volkan quitta le tribunal aussi confus qu'il était arrivé, et le juge ne put s'empêcher de penser : « Encore un ignare qui vient de détruire une belle famille ! »

Le jour du mariage, à la nuit tombante, la mère de Talia conduisit elle-même sa fille dans la chambre nuptiale nouvellement installée à son intention. Elle ne la quitta une seule minute, craignant que sa rivale ne lui fasse jeter des sorts ou recoure à des sortilèges. Puis, quand le silence s'installa sur la ferme, rasé et parfumé, Volkan pénétra enfin chez sa nouvelle épouse. La mère s'éclipsa aussitôt et rejoignit sa maison en poussant des youyous qui résonnèrent douloureusement dans le cœur d'Alev.

Dans sa chambre, entourée de ses enfants, celle-ci vivait de pénibles instants. Ses petits, conscients du malheur qui la frappait si brutalement, souffraient autant qu'elle. Nazim, la rage au cœur, ne disait rien. Il serrait les poings et les dents en songeant à l'étrangère qui, à cet instant précis, rugissait peut-être de plaisir dans les bras de son père, tandis que sa mère, méprisée, pleurait son bonheur perdu. Au petit matin, comme Alev ne dormait toujours pas, il se leva et s'installa à la tête du lit de sa mère pour essayer de la consoler.

— Ne fais pas attention à ce qu'est en train de faire ce vieux fou, lui murmura-t-il. Je te vengerai quand je serai grand. Prends patience. Moi, je te rendrai heureuse et punirai tous ces méchants qui te font souffrir.

Ces paroles réconfortèrent quelque peu la désespérée. Elle promit à son fils d'être courageuse et de faire face sans faiblir à la triste situation créée par son mari.

Les relations au sein de la famille ne tardèrent pas à se tendre. Volkan adressait à peine la parole à Alev, tandis que la jeune coépouse semblait prendre toutes les libertés. Ignorante et fruste, sans égard pour personne, elle énervait tout son entourage par ses manières d'arriviste. Volkan, les lèvres encore chaudes des baisers de sa jeune femme, ne disait rien. La mère de Talia, de son côté, ne quittait plus la ferme et se comportait comme la seconde maîtresse de maison. On lui offrait chaque jour des paniers bourrés d'aliments. Alev voyait tout, mais s'interdisait d'intervenir.

Nazim n'adressait la parole à son père que s'il y était contraint. Il l'évitait sciemment et demeurait volontairement laconique, même s'il continuait de se comporter comme un fils soumis et respectueux.

De son côté, ses désirs assouvis, Volkan se rendit finalement compte du fossé qu'il avait creusé entre lui et les siens. L'attitude de son fils l'inquiétait surtout. Les nuits auprès d'Alev étaient pénibles, non parce qu'il ne la désirait plus, mais parce qu'il prenait conscience du tort qu'il lui avait fait. Il cherchait à se faire pardonner sa légèreté, mais ses avances restaient sans écho. Il n'arrivait pas à faire plier la farouche obstination d'Alev qui, tout en restant une épouse parfaite, refusait de reprendre l'union des cœurs. La conversation avec son mari se bornait à des « oui », « non », « fais ce que tu veux, tu es le maître ».

Un soir, il lui reprocha de tolérer le comportement sans-gêne des Ozan. C'était pourtant sa maison à elle ! Or, elle fermait les yeux sur les vols qu'ils commettaient chaque jour !

— Cela ne fait que commencer, lui répondit-elle, je refuse de me frotter à longueur de journée à ces gens de bas-étage. Tu as que ce que tu mérites.

Volkan se tut et réalisa le manque de tact dont il venait de faire preuve. Il n'était même pas capable d'empêcher le pillage de sa propre maison par les Ozan ! Pire : à la demande de sa nouvelle épouse, le père de Talia ne travaillerait plus en qualité de simple domestique ; il assumerait désormais les fonctions de surveillant général de l'exploitation.

De son côté, Nazim restait prudemment distant de Talia, malgré les efforts de celle-ci pour lui prodiguer bienveillance et amabilité. Elle se montrait attentive à tous ses désirs, se donnait de la peine pour lui être agréable, allant jusqu'à proposer de laver son linge et de l'aider dans tout ce qu'il entreprendrait dans la maison. Le soir, quand il rentrait de l'école, elle arrivait toute souriante à sa rencontre. Elle l'inondait de questions et se faisait montrer le contenu de ses livres. Ce manège dérangeait le jeune écolier qui avait résolument pris le parti de sa mère. Dès lors, il la repoussait souvent sans parvenir toutefois à la décourager.

Un dimanche après-midi, alors que Nazim réparerait un outil, elle s'en approcha comme d'habitude.

— Veux-tu que je t'aide ? lui demanda-t-elle.

— Non, répondit-il sèchement.

— Pourquoi es-tu aussi dur envers moi, Nazim ? Nous avons quasiment le même âge, nous avons joué ensemble pendant plusieurs années et je t'ai toujours considéré comme mon frère !

— Maintenant, c'est avec mon père que tu joues ! Ça ne te suffit pas ? Oublies-tu que tu rends ma mère malheureuse ?

— Est-ce ma faute Nazim ? Crois-tu que je sois heureuse d'être le jouet d'un vieillard ? J'aurais préféré t'épouser, toi ! ajouta-t-elle en se serrant contre lui et en plongeant dans ses yeux un regard éloquent.

Le jeune garçon rougit, lâcha son outil et lui tourna le dos. Il garda longtemps à l'esprit l'attitude provocante de sa jeune belle-mère, mais il était conscient d'un danger sous-jacent. Alors, il décida de l'éviter encore davantage. Sa mère ne serait pas sans doute pas heureuse si elle s'apercevait que son fils s'intéressait à Talia. De son côté, Nazim n'osait pas s'avouer que le regard si étrange et si tendre de cette fille lui faisait redouter le pire.

Durant les grandes vacances, lorsque Nazim restait à la maison, Talia usait de mille ruses pour arriver à ses fins. Malgré sa méfiance, le jeune garçon ne réussissait pas toujours à éviter ces pièges. Ainsi, lorsqu'il se trouvait loin d'elle, Talia lui adressait des mimiques expressives, ou alors, elle prenait des postures étudiées pour mettre en évidence sa poitrine qu'elle gonflait exagérément. D'autres fois, elle s'arrangeait pour se montrer à lui sommairement vêtue, puis elle se sauvait, comme pour lui faire croire qu'elle avait été surprise.

Nazim subissait toutes ces tentatives d'envoûtement en essayant de ne pas y réagir. Il sentait néanmoins s'éveiller en lui des sensations indéfinies, des émotions dont la douceur l'étonnait, mais qu'il n'osait analyser, car l'image de son père était toujours présente à son esprit.

Puis, vers la fin septembre, un jour où il se préparait à repartir pour le lycée et rangeait ses papiers dans sa chambre, il sentit près de lui la présence de Talia. Il voulut la repousser, mais la jeune femme devina sa pensée, lui saisit le visage à pleines mains et lui murmura d'une voix enflammée :

— Tu sais ce que je veux ? Sens-tu ce que je veux ? Je veux ça... ça... et ça ! poursuivit-elle en s'emparant à chaque fois avidement de ses lèvres.

7

Au terme de ses examens, Nazim avait obtenu très honorablement son certificat d'études. Volkan reçut avec orgueil toutes les félicitations consécutives au succès de son fils. Il informa donc aussitôt ses nombreux amis qu'il allait prochainement célébrer cet heureux événement dans sa ferme. La fin des moissons s'y prêtait parfaitement.

Aux yeux des habitants du village, le certificat d'études de l'école citoyenne n'était qu'un succès temporel auquel ils n'accordaient pas la même importance qu'à la connaissance parfaite du livre sacré. Volkan reçut donc peu de compliments à ce sujet. Lui-même ne considérait pas la chose comme une simple richesse supplémentaire, susceptible de tourner la tête à son fils. Il avait eu à ce sujet de nombreuses discussions avec le juge qui prétendait toujours un bel avenir intellectuel à Nazim.

— J'en conviens, répétait Volkan, mais cet avenir sera fait surtout du profit de ce que je lui laisserai, et non d'un vague diplôme dont on ne voit ni le sens ni les avantages spirituels. C'est la connaissance du Coran qui sauvera mon fils. Il aura sa place au Paradis, où il nous appellera tous à ses côtés. Il vivra honoré et considéré par l'ensemble de nos coreligionnaires. Mon fils est avant tout un étudiant en théologie. Il n'aura pas besoin, Dieu merci, d'exploiter ses connaissances coraniques comme les autres. Au contraire, il jouira de toutes les prérogatives morales qui s'attachent à sa qualité de théologien.

— Il serait plus heureux encore si tu le laissais pour suivre des études, insinua tout doucement le magistrat.

— Voilà que tu reviens à tes folies… ? Ça suffit ! Cette fois, je ne céderai pas. Je te prie de ne plus parler de cela à mon fils. Préviens aussi tes enfants et restons bons amis. Tu ne dois pas abuser de ta puissance : Dieu seul est puissant !

— Si la puissance divine prédestinait Nazim à un brillant avenir et l'engageait sur le chemin de la science, tu t'insurgerais contre elle ?

— Qu'ai-je donc fait à Dieu pour qu'il m'accable de la sorte ? Je n'ai donc plus le droit d'avoir mon fils près de moi ?

— Tu sais, Volkan, on dit que les voies du Seigneur sont impénétrables…

— Assez ! Laisse-moi tranquille, à présent ! termina le riche paysan.

Durant plusieurs jours, Volkan ne mit plus les pieds au tribunal. Pour conjurer le nouveau péril qu'il redoutait, il décida d'offrir une fête d'une ampleur particulière.

— Je donnerai surtout à manger aux pauvres de la région, se dit-il. Dieu m'en tiendra compte. Il faudra songer aussi aux saints du pays qui nous ont toujours protégés. Leur bienveillance nous est souvent utile. Comme la récolte a été bonne, je peux me le permettre.

Les récoltes rentrées, les meules dressées sur l'aire de battage. Volkan réfléchit donc à l'organisation de cette fête. Il fit moudre plusieurs quintaux de blé et d'orge, fixa le nombre de moutons à sacrifier et commanda des fruits rares, de ceux que son domaine était incapable de produire. Puis, ordonna à un nettoyage minutieux de la ferme et fit préparer les endroits où seraient installées les convives. Dans son langage, Volkan se donnait les airs d'un particulier modeste, d'un paysan ordinaire, sans prétention, et sans ambition. En réalité, il était esclave des coutumes, du luxe et de cette somptuosité qu'une majeure partie des croyants savaient apprécier. Il recevait peu, transgressait la mode, surtout ce qu'il appelait « les excentricités modernes », mais lorsque les circonstances l'exigeaient, il se conduisait en grand seigneur, conscient de l'immensité de sa fortune. Ses revenus s'accumulaient de jour en jour, mais ce train de vie lui semblait si banal, qu'il s'ennuyait à mourir s'il ne trouvait pas une parcelle de terre à acquérir ou si la place manquait dans ses écuries pour de nouvelles bêtes. La petite contribution destinée à fêter le succès de son fils ne lui posait aucun problème. L'essentiel était qu'on en parle jusqu'aux confins de la région.

Volkan attendait ce grand jour avec appréhension. « Comment cette fête va-t-elle se passer avec autant de monde ? ne cessait-il de se répéter. Serai-je à la hauteur de cet événement délicat ? Réussirai-je à faire en sorte que chacun emporte de cette fête un souvenir favorable ? »

Il comptait surtout sur son ami le juge, très au fait des usages mondains. La solution la plus sage, pensait-il, était de s'en remettre à lui et de veiller à ce que le mode d'organisation qu'il proposerait soit respecté dans ses moindres détails.

Quelques jours avant l'événement, il avait donc rencontré le chef du tribunal et lui avait fait part de ses soucis.

— Comment peux-tu faire preuve d'une telle naïveté ? Comment veux-tu que j'intervienne dans ton histoire, Volkan ? Je ne sais même pas ce que tu veux faire ni l'importance que tu accordes à cette réception.

— Je vais t'expliquer.

— Tout cela me semble quand même bizarre. De quelle somme disposes-tu ?

— Tout ce qu'il faudra pour que la fête soit réussie.

— Combien de personnes comptes-tu inviter ?

— Presque tous les propriétaires terriens, tous les notables du village, tous les pauvres des alentours et quelques étrangers qui vivent dans notre région. Je pense au professeur William Hardy et à son épouse, ainsi que Monsieur Arthur Breton, professeur de français au Lycée.

— Oui, bien entendu. Tu peux les inviter.

— J'ai imaginé une cuisine variée et des boissons alcoolisées, comme tu le ferais pour toi.

— Bien, laisse-moi réfléchir. Je te préviens malgré tout : ça va te coûtera cher !

— Ne me répètes-tu pas, à chaque occasion, que j'ai les moyens de payer ? Dans tes comptes, n'oublie pas surtout les cuisiniers et les serveurs…

Deux jours plus tard, le juge avait tout décrit sur papier. Une grande tente était prévue sous les arbres de la ferme. Les tables des notables seraient disposées à l'écart, le reste des invités seraient reçus à la mode turque, mais les moutons cuits au feu de bois devraient rassembler tous les convives.

On ne déplora aucune fausse note. Sans en avoir l'air, le juge avait l'œil à tout, veillant à ce qu'aucune différence ne soit visible dans les égards dus à chacun. Le vin de *Kavaklidere*[14] et le *raki* coulèrent en abondance et peu de convives refusèrent de goûter ce liquide généreux, malgré « la prohibition » de mise chez les musulmans.

Nazim, richement vêtu, vint lire un petit compliment à l'adresse des invités qu'il remercia du grand honneur qu'ils faisaient à sa famille en prenant part à ces réjouissances. Pour Volkan, cet instant fut réellement féerique. Entouré, félicité, loué pour sa générosité, il reçut mille compliments sans pouvoir y répondre, tant il était ému. Un groupe de musiciens du village voisin chanta de l'*yürüksemaî*[15]. Après quoi, Madame et Monsieur Ersin, les maîtres de l'école citoyenne, ainsi que le maître Recep, furent appelés sur l'estrade et reçurent chacun un riche cadeau sous les applaudissements des convives. Nazim les rejoignit pour baiser la tête de son maître Recep et serrer affectueusement les mains de ses maîtres de l'école citoyenne. Monsieur Ersin essaya bien de prononcer quelques mots, mais sans succès. Une larme de joie roula sur sa joue. Ce fut sa seule réplique.

Resté le dernier au terme de la fête, le juge prit Volkan à part :

— Tu as dépensé beaucoup d'argent, mais ne le regrette pas. Tu nous fais honneur et tous les villageois t'en sont reconnaissants. Sans t'en rendre compte, tu as accompli aujourd'hui un acte d'une haute portée sociale, un acte dont les conséquences humaines seront

[14] La cave la plus ancienne et la plus connue de Turquie.
[15] Des airs de musique traditionnelle très gais.

incalculables pour notre région. Pendant quelques heures, tu as contribué fort intelligemment à briser la glace qui persistait entre nous et les autres. Tu as montré à tous que l'entente est possible, pour peu que chacun manifeste un peu de bonne volonté. Les larmes de Monsieur et Madame Ersin sont significatives. Quel beau spectacle tu nous as organisé, Volkan ! Des villageois de toutes conditions assis côte à côte, avec les plus grands notables, avec les chefs officiels de la région… Quel espoir pour tous les gens clairvoyants du pays ! En dépit de ce que d'aucuns pourraient prétendre, ceci marque le commencement d'une amitié partagée, d'une union fraternelle dont nous avons tous besoin.

À cet instant, si quelqu'un s'était avisé de lui rappeler qu'il était un vulgaire paysan, comme il se plaisait toujours à le dire, il aurait protesté, outragé dans sa dignité. Non, Volkan n'était plus l'homme du passé, mais un bourgeois confortablement installé dans son orgueil.

Il savourait toujours cette immense satisfaction d'amour-propre le lendemain, quand il arriva au tribunal. Comme le magistrat était occupé, il dut attendre, assis sur une chaise comme d'habitude, mais il n'était plus celui qui se dissimulait discrètement dans la foule. Ce Volkan-là n'existait plus. Seul comptait celui d'aujourd'hui. Désormais, toute concession constituerait un pas en arrière et le mettrait au désespoir. Il devait désormais soigner son image, grimper encore plus haut, conquérir plus de respect, s'imposer davantage, même devant Alev dont la froide insolence commençait à l'énerver.

Enfin libéré de ses occupations, le juge vint le chercher et ils gagnèrent tous deux la demeure du magistrat.

— Tu sais que je n'aime pas les dettes, dit le juge en riant. Je vais donc te rembourser le prix du déjeuner d'hier.

— Et moi alors ? répliqua Volkan. Comment vais-je pouvoir m'acquitter envers toi ?

— Nazim me paie tous les jours par le plaisir qu'il me procure à si bien travailler. Tu as de la chance d'avoir un tel fils !

— Je reconnais que je lui dois en partie ma joie actuelle. Rassure-toi : il saura également te témoigner la gratitude que tu mérites pour ce que tu as fait pour lui.

— J'ai foi dans son avenir. Il a toutes les cartes en main pour réussir brillamment dans la vie, si toutefois tu le laisses continuer ses études.

Volkan se tut. Son nouvel état d'âme l'empêchait de répondre. En fait, ce jour-là, il était incapable de dire s'il était favorable à l'évolution des mœurs ou au respect des traditions, respect sur la base duquel il avait vécu jusque-là.

Son ami respecta son silence. Ils arrivèrent bientôt devant l'habitation du juge, dont le personnel délicatement stylé montra plus de considérations qu'à l'ordinaire au riche paysan. De fait, le déjeuner fut excellent.

Béatement étendu sur des coussins moelleux, Volkan buvait à petits coups son thé parfumé. Il éprouvait à ce moment une satisfaction qui le détachait du monde matériel et le plongeait dans une paix irréelle. Jugeant le moment propice, son ami lui dit avec son sourire le plus plaisant :

— Eh ! bien, Volkan, es-tu heureux ?

— Je remercie Dieu pour ses bienfaits.

— Te voilà devenu un personnage dont on parle beaucoup dans le village.

— Grâce à toi, cher ami. Mais je reste ton humble serviteur.

— Non, tu es le seul artisan de ta brillante situation. Félicite-toi de n'avoir pas croupi dans la routine, d'avoir modernisé ton exploitation et de t'être perfectionné.

— Lorsqu'on a le bon exemple sous les yeux, il serait stupide de ne pas en profiter.

— Tous les paysans de la région n'ont pas fait comme toi. Ils sont criblés de dettes et travaillent pour les usuriers. Tu ne regrettes donc pas d'avoir modernisé ta méthode de travail et d'avoir imité les autres exploitations de la ville de Niğde ?

— Bien au contraire !

— Je sais. Ta richesse actuelle, tes bonnes relations avec les notables que tu viens enfin de conquérir, tout cela ne t'empêche pas de pratiquer ta religion ni de faire du bien autour de toi.

— Au contraire ! Mon confort actuel me permet de remplir strictement tous mes devoirs religieux. Il me reste une seule obligation à satisfaire : effectuer le voyage aux lieux saints de la Mecque. Si Dieu le veut, je ferai partie du prochain convoi de pèlerins.

— Dans ce cas, pourquoi te montres-tu parfois réfractaire à la modernité et à l'ouverture vers d'autres cultures ? Pourquoi invoques-tu à tout instant le respect des traditions qui empêchent souvent les peuples de devenir plus forts ?

— Je le faisais par ignorance ; souvent par habitude, pour parler comme tout le monde. Il est difficile, cher ami, de se différencier de son propre milieu, et surtout du traditionalisme.

— Très bien. Autre chose : regrettes-tu d'avoir donné de l'instruction à Nazim ?

— Dans une certaine mesure, mon fils est à l'origine de ma satisfaction actuelle.

— Tu es content de lui ?

— Que Dieu le bénisse ! Il est raisonnable, sans défaut, travailleur, respectueux. Bref, comme le veut le cœur.

— Tu vois que l'instruction ne l'a ni fanatisé ni rabaissé. Tu sais, transformer des sujets en citoyens est un miracle que seule l'école peut accomplir. Une citation résume cela : « Le meilleur héritage est toujours l'instruction. »

— L'instruction l'a même rendu meilleur que les enfants de son âge.

— Puisqu'il en est ainsi, il fréquentera le lycée avec mon fils dès octobre prochain.

— Un lycée ? Qu'est-ce encore que cette invention ?

— C'est une grande école située dans la ville de Konya. Il continuera de s'y instruire et de s'améliorer.

— Il va quitter la maison ? Nous ne le verrons plus ?

— Comme c'est le cas pour mon fils. Mais rassure-toi : ils reviennent plusieurs fois durant l'année.

— Nazim sait tout, à présent. Pourquoi l'éloigner du village ?

— Nazim a encore beaucoup à apprendre.

Volkan ne répondit pas. Il n'osait ni accepter ni refuser. D'ailleurs, la proposition du juge l'obséda durant tout le trajet du retour.

Ce soir-là, comme c'était au tour d'Alev de partager sa couche, il lui fit part du désir de son grand ami.

— Tu dois le laisser partir, dit-elle sans hésiter. Nazim est désormais mon seul soutien et je veux qu'il devienne encore plus fort. Je veux qu'il puisse protéger ses frères et ses sœurs, puisque notre famille sera bientôt divisée et envahie par des étrangers.

— Quels étrangers ?

— Les enfants et les parents de l'autre, tiens ! Je ne doute pas qu'elle nous inondera bientôt de ses mauvaises graines. Je sais ce qui m'attend. Voilà pourquoi je veux que Nazim poursuive ses études et que mes deux autres garçons fréquentent, eux aussi, l'école citoyenne. Si tu refuses, j'irai moi-même avec Nazim chez le juge, lui demander sa protection légale.

Volkan n'aimait pas recevoir de reproches de la part d'Alev, surtout depuis que son désir pour Talia s'était affaibli. Alev était restée l'épouse respectable, la mère de ses enfants, celle à qui il pouvait s'ouvrir en toute confiance, celle à qui il demandait conseil avant d'entreprendre des choses sérieuses.

Il se rendait compte qu'il ne pourrait jamais se détacher d'elle ni oublier la joie qu'elle lui avait procurée durant dix-huit ans. Si son amour pour elle s'était quelque peu émoussé, son affection, par contre, n'avait cessé de grandir. Il sentait au fond de lui-même qu'elle avait raison. Alors, pour lui donner satisfaction et pour répondre aux vœux du juge, il promit d'envoyer Nazim au lycée, et ses deux autres fils à l'école citoyenne.

8

Nazim était heureux de poursuivre ses études au lycée, mais sa joie comportait des zones d'ombres. Il avait été soumis à de si rudes épreuves morales, que ces derniers jours de septembre étaient les plus pénibles qu'il ait connus depuis le début de son adolescence. Il songeait à sa mère qui allait se retrouver seule, face aux difficultés créées par le second mariage de son père. Il avait peur de tout, il craignait même qu'Alev finisse par se résigner. Pire : il considérait son départ comme un abandon. Il se disait que sa place était auprès de sa mère, que celle-ci avait besoin d'être protégée, que son absence la livrerait au clan Volkan-Ozan, qu'il détestait. Pourtant, Alev refusait de sacrifier l'avenir de son fils pour une quiétude illusoire.

— Pars ! lui dit-elle. Pars pour éviter de devenir un simple pantin, la chose de ton père et l'égal de ses ouvriers. Va acquérir la science, elle te rendra puissant et te permettra de dominer ceux qui nous veulent du mal. N'oublie pas qu'un conflit est inévitable entre nous et les Ozan. Ils nous jugeront de manière plus insolente encore, sitôt que leur fille aura des enfants. Ne négligeons rien, mon petit ! Ne nous laissons pas submerger.

Le juge, devinant son désarroi, lui reprocha sa faiblesse.

— Tu hésites, mon garçon ? Pourtant, tu dois partir si tu veux devenir maître de ta vie, si tu veux n'être dominé par personne. Crois-moi, l'ignorance est la pire des servitudes !

Pour résoudre ses besoins de collégien, Nazim s'adressait plutôt au juge qu'à son père. Le riche paysan était notoirement incompétent en la matière. Du reste, il était bien plus préoccupé par d'autres choses que par l'avenir de son fils. Il croyait avoir fait tout son devoir en lui ménageant pour plus tard la possession de bonnes terres et d'un cheptel abondant. Il apprit donc sans émotion qu'à la fin de la semaine, le juge conduirait son fils et celui de Volkan au lycée.

— C'est ton problème, lui répondit Volkan. Fais pour Nazim la même chose que tu ferais pour ton fils. Nous reparlerons de cela à ton retour.

Le jour du départ, Nazim quitta la ferme de bonne heure. Tous les paysans de son père vinrent avec leur famille saluer le jeune maître, considéré un peu comme l'enfant de tout le monde, tant il savait se faire aimer. Celui-ci éprouvait néanmoins une très grande tristesse. Il voulait se montrer courageux, mais lorsqu'il vit sa mère s'accrocher à lui, la figure ruisselante de larmes, il ne put contenir ses sanglots. Puis, à la dernière minute, Talia fendit la foule, pâle et crispée, et se jeta sur son ancien compagnon de jeu pour le couvrir de baisers. Il fut bien difficile de l'en détacher.

« Quelle brave fille ! se dit Volkan. Elle éprouve autant d'affection pour mon fils que pour moi. »

Nazim quitta donc la demeure familiale, le cœur gros. Il se ressaisit néanmoins lorsqu'il prit place dans le train avec le juge et son fils Salih.

Arrivés en ville, Nazim et Salih furent confiés à l'un de leurs futurs camarades qui fut chargé de leur faire visiter la cité. Les deux garçons découvrirent la ville de Konya avec leurs yeux de campagnards et avec un enthousiasme assez bruyant. En psychologue averti, le magistrat avait tenu à provoquer chez eux une impression d'étonnement et de surprise. Un choc destiné à leur faire oublier les tristesses de la séparation et de les adapter – par l'absence de ce qui leur était familier – au régime d'isolement de l'internat.

Les jours suivants, ils procédèrent à l'achat de leur trousseau et des menus objets qui leur seraient nécessaires. Puis, le juge les présenta au proviseur, un de ses amis. Celui-ci accueillit les deux nouveaux élèves avec bienveillance et assura le juge qu'il veillerait personnellement à leurs premiers pas.

Les deux élèves firent impression dans leurs classes par leur tenue, leur docilité et leur travail. Ils s'adaptèrent sans effort au régime de l'établissement. Rien dans leurs manières ne décelait cette difficulté, cette incertitude, ce manque de confiance en soi, que l'on remarque généralement chez les jeunes campagnards brusquement déracinés. Ils ne furent guère embarrassés de parler franchement avec leurs professeurs ou leurs camarades qui remarquèrent tout de suite leur bon esprit, leur aimable cordialité.

Nazim et Salih n'avaient rien à envier à la formation des jeunes citadins. Ils s'adaptèrent sans problème aux exigences de la vie urbaine et rien chez eux ne heurta les bonnes manières de ce milieu. Ils étaient arrivés au lycée sans appréhension, tout naturellement, comme chez Monsieur Ersin. Ils entamèrent donc ce nouvel enseignement sans arrière-pensée grâce aux principes que leur avait inculqués leur admirable maître de Kayaköy.

Nazim recueillit très vite les félicitations de ses nouveaux maîtres pour son travail. Il avait choisi la langue française comme langue étrangère et il excella rapidement dans la langue de Molière. Son inscription régulière au tableau d'honneur ne changea pas pour autant le comportement du fils de Volkan. Celui-ci demeurait l'élève le plus docile, le plus studieux et le plus respectueux du pensionnat. Plus Nazim avançait dans ses études, plus il faisait preuve d'originalité. Il percevait inconsciemment que la conquête du savoir ne pouvait s'accomplir que dans un esprit libre et épanoui.

Ses professeurs prenaient plaisir à écouter ses réflexions judicieuses. Parfois même, ils le poussaient intentionnellement à la discussion et il répondait alors avec une franchise déconcertante qui faisait sourire, mais ne fâchait jamais.

Il portait un regard généreux sur les relations avec les autres. Sur ce chapitre, il se comportait vraiment comme le fils spirituel du juge. Il avait un goût prononcé pour tout ce qui était inaccoutumé, sans pour cela oublier le respect dû à la religion. Tout cela n'était pas encore très clair pour lui, mais intuitivement, il avait adopté les théories des gens sensés et curieux.

Malgré son jeune âge, il appréciait déjà les bienfaits de la culture occidentale et mesurait la distance parcourue, par rapport à la condition de ses anciens camarades de l'école coranique. Il considérait son éducation comme un bien inestimable, plaignant de tout son cœur ceux qui n'avaient pu s'échapper du cadre étroit des croyances populaires et pieuses, faites de préjugés et de routines. Plus il ouvrait les yeux, plus sa gratitude envers le juge, sa mère et Monsieur Ersin se confirmait. Il avait parfaitement conscience de la sérénité d'âme qu'il devait à ce dernier et il appréciait à sa juste valeur la lutte menée par le juge contre l'esprit superficiel de son père qui l'aurait sans doute condamné à l'ignorance ancestrale. La philosophie du juge était venue à bout des résistances les plus dures ; la tâche de chacun sur cette terre consistait à concourir à la rénover, à la rendre plus bienveillante et plus humaine. Il en était convaincu.

Cette thèse hardiment soutenue par Nazim ne pouvait lui attirer que de la sympathie. L'exposer en toute franchise, et en pleine classe, impressionnait ses camarades. Au bout d'un certain temps, il avait donc acquis une réputation excellente.

Il n'était pas malheureux au lycée, ses facultés se développaient harmonieusement, mais ses pensées s'envolaient souvent vers la ferme. Quand il écrivait, il demandait surtout des nouvelles de sa mère, mais Volkan lui répondait invariablement : « Toute la famille va bien et j'espère qu'il en est de même pour toi ». Cette manière d'agir l'agaçait et le montait plus encore contre son père.

— Qu'a-t-il donc dans le ventre ? demandait-il chaque fois au fils du juge.

Pour l'apaiser, Salih dut lui répéter plusieurs fois que chez les musulmans, la coutume basée sur le patriarcat veut que l'on parle le moins possible des femmes, car leur vie n'intéresse que le gynécée. Nazim n'approuvait pas cette théorie défendue par les ignorants et les bonimenteurs. Il comptait s'affranchir plus tard de toutes ces entraves qui compliquaient singulièrement l'existence, des musulmans. Pour le moment, il attendait impatiemment les congés du jour de l'an, pour aller embrasser les siens, et en particulier sa mère qui lui manquait tellement.

Le départ de Nazim avait laissé un grand vide à la ferme des Volkan. Alev ne se consolait pas de l'absence de son fils. Lui seul savait se montrer tendre envers elle. Talia n'était pas moins affectée par le départ de son beau-fils. D'ailleurs, ses longs soupirs trahissaient sa peine. Son mari, qui croyait en deviner la cause, tentait de la consoler.

— Je vois que l'absence de Nazim te fait autant de peine qu'à nous tous. Patience… Dans trois mois, il sera de retour.

— Pour toujours ? demanda-t-elle.

— Non. Pour quelques jours seulement.

— Vivement qu'il revienne ! Tout est triste sans lui. Je l'aime comme un fils.

— C'est bien. Tâchez de toujours vous entendre. C'est mon vœu le plus cher.

Cette nouvelle réconforta la jeune femme qui se mit à compter les jours et à suivre avec attention le cycle lunaire.

Volkan ne parlait guère de son fils à Alev, car, dans ces moments-là, elle avait toujours l'air de le critiquer et prenait l'attitude de Nazim en exemple. Ou plutôt, elle le présentait comme un futur justicier. Lorsqu'elle l'interrogeait, il répondait laconiquement : « Il a écrit, il va très bien ». Elle n'en demandait pas davantage : l'essentiel était qu'il travaille bien et ne manque de rien.

Les congés de fin d'année ramenèrent à la ferme un Nazim transformé. Il avait maintenant des allures d'homme et la joie de retrouver les siens le transfigurait. Malgré la différence de milieu, il se sentait toujours à l'aise dans l'ambiance familiale de la ferme, et il manifestait un plaisir évident à les retrouver tous.

Sa mère fut l'objet de toute son attention, mais un fait inquiéta le jeune garçon : Talia n'avait pas désarmé. Outre la façon presque indélicate de l'embrasser longuement à son arrivée, elle reprenait ses provocations :

— Comme tu es beau, Nazim ! lui disait-elle devant sa mère. Nous sommes fiers de toi, car tu es unique au monde.

Il était heureusement le seul à comprendre ce langage à double sens. Il s'empressait alors de changer de conversation, mais, au regard de feu rivé sur son visage, il comprenait qu'elle attendait son heure. Il s'arrangea donc pour écourter ses séjours à la maison et prétexta des courses au village pour justifier ses absences. Il y retrouvait avec plaisir ses anciens camarades, mais surtout le juge, dont les conversations à bâtons rompus et les fins repas lui offraient l'apaisement.

Ces fugues rendaient Talia furieuse ! Elle les lui reprochait amèrement à chaque fois qu'elle arrivait à le surprendre dans un coin discret. Puis, début janvier, après le retour de Nazim au lycée, elle tomba dans une sorte de dépression. Pendant quelques jours, elle refusa catégoriquement les caresses de son mari. Volkan s'en inquiéta et, pour la première fois, un doute effleura son esprit :

— Suis-je désagréable à ce point ? Alev avait-elle raison ? La tourmente dévastatrice qu'elle prédisait serait-elle sur le point d'éclater dans mon foyer ?

Il ressentit subitement de la jalousie et regretta le temps paisible, où il vivait avec Alev. Il reprit néanmoins ses esprits : Nazim était un loyal et il avait tort d'aller si loin dans ses suppositions. Son fils était beau et la fille qu'il avait sortie du ruisseau pour devenir son épouse avait sans doute conçu quelque plan impudique, sans que Nazim en ait conscience. Il cuisina habilement sa jeune épouse, mais il ne put rien en tirer. Il faillit même en parler à Alev, tant son désarroi était réel. Seule, la crainte de ses moqueries le retint.

« J'en aurai le cœur net aux vacances prochaines, se dit-il. Nous verrons bien si je me suis trompé ! »

En avril, à l'approche des vacances, Talia se mit comme par enchantement à revivre joyeusement. Volkan retrouva aussitôt sa jalousie. Il posait sur elle des regards rugueux, il la repoussait avec brutalité. Il redoutait le retour de Nazim, mais sa présence était indispensable pour lui tendre son piège. Allait-il perdre son fils, le grand espoir de sa vie ? Dans le cas où il constaterait sa trahison, il se montrerait impitoyable envers les deux coupables.

Volkan payait très chèrement les instants de plaisir procurés par la jeunesse de la petite Talia. Ses nuits devenaient insupportables et il attendait fiévreusement l'heure fatidique. Ses soupçons devenaient au fil des jours des certitudes. Il n'avait plus qu'à disparaître ou faire disparaître les coupables. Damné pour damné, il préférait toutefois la vengeance.

Pourtant, à son grand étonnement, Nazim ne manifesta aucune défaillance durant les vacances. Son regard semblait planer bien loin de l'agitation de ce petit monde et son attitude fut celle d'un homme à la conscience tranquille. Il repartit donc aussi serein qu'il était venu.

Volkan n'avait cessé, durant tout ce temps d'épier Nazim et Talia. Même s'ils n'avaient pas fauté, il ne doutait plus de la nature des sentiments de sa jeune femme envers son fils. Il devait prendre une décision. Pouvait-il conserver dans son foyer une fille aussi frustrée sans perdre sa dignité ? Un homme maître de ses sens et soucieux de son honneur ne pouvait rester les bras croisés.

Le riche fermier oubliait simplement que sa passion pour la petite était loin d'être morte. Il trouvait à sa conduite, non seulement des excuses, mais des circonstances atténuantes. En effet, Talia était enceinte et il ne pouvait l'abandonner avec la chair de sa chair et le sang de son sang. En tout cas, il devait éviter que cette situation devienne tragique. Il avait devant lui trois mois pour réfléchir.

Entretemps, les bras de Talia l'accueillaient de nouveau. La pétulante gamine, émoustillée par la fougue amoureuse retrouvée de son mari, se faisait désormais plus câline et plus désirable encore.

9

Après le départ de son fils, Volkan s'abandonna sans retenue aux caresses de Talia. Il avait tant craint de la perdre qu'il manifesta envers elle un renouveau de fougue. Il espérait ainsi lui faire oublier ses accès de violences et ses soupçons. Il ne savait rien lui refuser et, devant ce comportement généreux, Talia comprit combien il était esclave de ses sens. La jeune femme en fut d'abord étonnée puis, craignant un piège, elle se tint prudemment sur ses gardes. Elle évita surtout de parler de Nazim, malgré l'insistance de son mari à ramener continuellement la conversation sur le jeune lycéen. De la même façon, elle éluda habilement les conversations à propos d'Alev et, contrairement à son habitude, elle passa sous silence les critiques susceptibles de discréditer cette dernière aux yeux du maître.

Par contre, elle profita du retour de son époux pour affermir une autorité qui avait failli sombrer. Elle reprit donc avec lui le même jeu qui lui avait presque permis de conquérir le cœur de Nazim. En effet, Volkan n'avait d'yeux que pour le corps de la jeune femme qui semblait lui avoir pardonné ses brusques manières d'autrefois. Elle affichait désormais une soumission étudiée qui faisait regretter à Volkan les excitantes provocations de l'adolescente, aux premières heures de leur union.

Manipulée, bien entendu par sa mère, Talia finit par se persuader qu'elle était devenue indispensable au « vieux papa », comme elle l'appelait. Elle se voyait définitivement enracinée dans la riche famille, elle devenait l'égale de l'autre épouse, avec des droits imprescriptibles sur la fortune des Volkan. Sa vieille sorcière de mère avait exigé qu'elle accepte d'avoir un enfant, de préférence un garçon. Ce serait le moyen infaillible de consolider sa situation. Elle lui répétait sans relâche :

— Ton mariage était inespéré, ma fille… C'est un bienfait du destin, c'est aussi la manifestation de notre chance, pour ton père et moi qui sommes de braves gens. Dieu récompense ses créatures selon leur cœur. Dès lors, la providence nous ayant marqués du sceau de la grâce, elle ne peut que parachever son œuvre par l'octroi d'un garçon, pour commencer.

Effectivement, Talia tomba enceinte et, dès cet instant, la vieille femme devint plus encombrante que jamais… Elle couvait littéralement sa fille, ne lui permettait aucun mouvement, harcelait sans arrêt les servantes. Il convient d'ajouter qu'elle ne parvenait quasiment pas à se faire obéir. Elle envoyait alors une tornade de cris et d'injures à l'encontre des insolentes, de ces filles de rien, de ces chiennes qui refusaient de la servir comme des esclaves. Elle ne recevait forcément aucune réplique de leur part, au contraire d'Alev qui assistait, impuissante, à cette débâcle d'autorité et recevait à tout instant les plaintes des pauvres domestiques qui menaçaient de la quitter si elle ne les débarrassait pas de cette fée Carabosse.

— Ce n'est pas mon affaire, leur répondait-elle. Allez vous plaindre auprès du maître.

Volkan s'était donc remis à vivre normalement, surveillant de près ses intérêts, tâchant d'être équitable à l'égard de ses deux épouses qui semblaient rivaliser d'attentions pour ne pas descendre d'un cran dans les faveurs du maître. Or, les mois passaient et le danger se faisait plus menaçant de jour en jour. Le malheureux allait de concessions en concessions, de reculade en reculade, conscient que son répit serait de courte durée.

« Talia accouchera vers la mi-août, se dit-il. Dans sa position, elle n'aura ni le goût ni le temps d'attirer Nazim, car celui-ci repartira presque aussitôt. Pour peu que je les surveille, le danger sera écarté, du moins jusqu'aux prochaines vacances. »

Son raisonnement était juste. Nazim revint chargé d'honneurs, car il avait récolté de nombreux prix. Il était tout à sa joie et comptait bien y associer ses parents, le juge et Monsieur Ersin. Il n'aspirait qu'à une chose : jouir d'un repos bien mérité. Par bonheur, Talia ne l'importuna pas durant son séjour. Pâle, bouffie et les paupières lourdes, elle n'osait pas se présenter devant le jeune homme qui, par ailleurs, ne cherchait pas à la revoir.

Volkan ne les quitta pas des yeux durant plusieurs jours. Puis, complètement rassuré, il renonça à cet exercice dont il n'était nullement fier.

Comme prévu, Talia accoucha au milieu du mois d'août, mais dans une indifférence presque générale. La vieille Ozan en fut mortifiée. Le premier jour s'était à peine écoulé qu'elle s'en alla trouver son gendre et lui demanda, non sans amertume :

— Tu viens d'avoir un garçon ou une fille ?

— On m'a dit que c'était un garçon, répondit Volkan.

— On ne le dirait pas : pas le moindre coup de fusil, pas le moindre youyou. C'est pourtant ton fils, non ? Un descendant de plus pour la famille Volkan qui a besoin d'hommes.

Vexé, Volkan décrocha son fusil de chasse et lâcha coup sur coup les cartouches de son arme… À vrai dire, à l'occasion de cette sixième naissance, il aurait dû s'abstenir de cette manifestation spectaculaire, mais, pour apaiser sa jeune femme et surtout sa susceptible belle-mère, il décida de fêter le quarantième jour avec l'apparat qui convenait à la situation. Hélas ! à la ferme, la fête ne suscita aucun enthousiasme et le personnel se contenta d'exécuter mollement les ordres en se refusant à tout divertissement. De même, peu de gens de l'extérieur répondirent à son invitation. Chacun se sentait mal à l'aise et, à la fin de ce triste repas, l'un des convives demanda franchement à Volkan :

— Était-ce nécessaire d'organiser une telle cérémonie ?

— Pas du tout, répondit le riche paysan d'un air gêné, mais je devais faire pour l'une ce que j'avais fait pour l'autre. Tant pis pour moi, si je me suis trompé.

Nazim jugea opportun de déserter le domicile paternel durant ces tristes fêtes. Comme il ne connaissait pas la mer, il se rendit dans une ville du littoral pour l'admirer à son aise.

Entretemps, le mois d'août touchait à sa fin. Remise de ses couches, Talia ne pensait plus qu'à Nazim. Elle essayait de l'attirer aux heures où elle était sûre que son mari était absent. Un soir où Nazim était allongé sur une natte devant la chambre de sa mère, Talia surgit brusquement, son enfant dans les bras. Elle s'agenouilla près du jeune homme tout surpris, lui présenta le bébé qu'elle tenait dans ses bras et lui dit :

— Tiens, embrasse ton frère !

Pendant que Nazim prenait l'enfant et déposait un baiser sur son petit front, il sentit une brûlure le pénétrer. Talia venait de plaquer son corps contre le sien et, à travers la robe légère qui laissait deviner sa nudité, le lycéen sentit résonner sur son bras les battements de cœur impatients de l'épouse de son père. Alev apparut au même instant. Devant ce spectacle, son cœur reçut comme un coup de poignard et elle rentra précipitamment.

— Mon fils, lui dit-elle quelques heures plus tard, prends garde à cette créature, elle pourrait te mener à ta perte.

Nazim rougit et baissa la tête. La rentrée était heureusement toute proche et, avec elle, l'oubli d'une tentation coupable.

La remarque d'Alev avait douloureusement touché le jeune homme. Celui-ci craignait qu'on le soupçonne d'être attiré par Talia. Si jamais son père l'avait surpris dans une telle position ? L'avenir lui paraissait inquiétant et le seul moyen d'y remédier, c'était de disparaître de la ferme. Il sacrifierait donc l'année à venir. Entretemps, Talia oublierait sa passion à son égard.

Rentré au lycée, il devint tout autre. Sans pour autant abandonner ses habitudes studieuses, il perdit quelque peu son équilibre et se renfrogna sur lui-même, persuadé que la vie ne lui réservait que des ennuis. Pour la première fois, il ressentit une véritable faiblesse devant des événements contre lesquels il ne pouvait rien. Ce pessimisme naissant, cet écœurement précoce le détachaient même des siens. Il ne pensait presque plus à sa mère. Le souvenir de la ferme et l'image du village s'estompaient chaque jour davantage. Alors, Nazim s'avoua qu'il ne voulait plus revoir tout cela. Il devrait affronter l'existence avec ses seuls moyens.

Après le départ de son fils, Volkan retomba dans ses incertitudes. Il reconnut n'avoir pas été assez énergique et s'accusa de creuser lui-même la tombe de son bonheur.

« Je ne peux plus laisser les choses en l'état, se dit-il. Talia est jeune, pleine d'ardeur, mais, comme toutes les filles de son âge, elle a un comportement instable. Nazim est un peu comme elle. Il pourrait donc se laisser facilement entraîner. Je serais un criminel si je ne mettais pas un terme à cette situation équivoque. Mais que faire ? Oui, que faire ? »

Les jours passèrent puis, un matin, au plus profond de son désarroi, il se frappa soudain le front.

« Comment n'y ai-je pas songé plus tôt ? C'est très simple : je vais marier Nazim ! Ma future belle-fille se chargera de veiller sur notre fils, mieux que je ne puisse le faire. »

Sa trouvaille le délivra de ses inquiétudes et il oublia aussitôt ses tourments des jours passés. Certain de la docilité de Nazim, il se dit que la vie était simple et qu'avec un peu d'intelligence, il arriverait à vaincre ses difficultés.

— Femme ! dit-il le soir même à Alev qui veillait auprès de lui, j'ai à te consulter sur une chose très importante.

— Une nouvelle sottise, sans doute ? répondit-elle.

— Pas précisément. J'ai décidé de te faire plaisir.

— Je n'attends plus rien de toi. Désormais, je remets tout entre les mains de Dieu et de mes enfants.

— Tu ne changeras donc pas ! Tu ne comprends rien à la vie et tu veux faire de ton nombril le centre de l'univers.

— Peut-il en être autrement après la dure leçon que tu m'as si généreusement donnée ?

— Laissons ça pour le moment. Pour faire bref, voici ce que j'ai décidé : je vais marier Nazim.

— Encore un mariage ! Tu ne sais donc plus ce que tu fais, mon pauvre mari. Que va-t-il faire d'une femme, le malheureux petit ? Laisse-le à ses études, ça vaudra mieux pour tout le monde ! Et, puis, pour le peu de temps qu'il passera encore à la maison, ce serait inhumain d'imposer à une jeune femme une condition aussi pénible.

— Dis tout ce que tu veux, mais Nazim est maintenant un homme et il a besoin d'une femme.

— Lui en as-tu parlé au moins ?

— Pour quoi faire ? Un adolescent de son tempérament ne demande pas autre chose. Je suis là pour veiller aux exigences de sa pensée.

— Notre fils n'est pas comme les autres. Réfléchis à ce que tu vas faire. Il pourrait bien refuser de suivre tes fantasmes.

— Quoi ? Refuser ! Il n'a pas d'autre chose à faire que de se soumettre à ma volonté, comme tout le monde ici d'ailleurs.

— Je suppose que tu lui as également trouvé une fille parmi tes domestiques ?

— Je devrais te corriger pour tes insolences, mais passons… Je te laisse même le soin de lui trouver une femme à ton goût.

— Je refuse de me mêler de tes affaires louches.

— D'accord. Dans ce cas, je la choisirai moi-même. Après les récoltes, il sera marié.

Alev regarda son mari avec pitié et se tut.

De son côté, Nazim avait décidé de ne pas revenir à la ferme pour les vacances d'hiver. Pour justifier son absence, il s'était fait inviter pas un camarade d'Anatolie, une région située à l'est de la Turquie. Cette succession de grands espaces désertiques offre un visage plus authentique. C'est là que Nazim découvrit l'impressionnant mausolée de *Nemru Dagi* (pendant le coucher du soleil), lieu envers lequel Nazim ressentit une forte attirance.

Alev ne crut pas un mot des explications embarrassées de Salih, que Nazim avait choisi comme messager. Ainsi, Talia la poursuivait dans ce qu'elle avait de plus précieux. Elle la maudit, versa des larmes abondantes et, dans sa douleur, elle accusa son mari d'avoir éloigné Nazim de la maison.

Volkan protesta, mais, au fond, il se sentait quelque peu coupable. Ainsi, à la fin des vacances, il décida de prendre le train avec Salih pour aller voir son fils. Leur rencontre fut glaciale et le père revint découragé.

Aux vacances d'avril, pour éviter de nouveaux reproches, il partit lui-même chercher Nazim. Sitôt arrivé à la ferme, le lycéen apprit donc le projet matrimonial que son père entendait lui imposer. Devant sa mère apeurée, il donna libre cours à sa fureur et s'en alla sur-le-champ trouver son grand ami le juge.

— Je n'arrive pas à le croire ! répliqua le juge en apprenant la dernière trouvaille de Volkan. Il ne peut faire cela sans me consulter. Dans la situation où tu te trouves, ce serait d'ailleurs une folie.

— C'est ma mère qui m'en a informé. Le mariage aura lieu durant les vacances d'été. Je vous préviens : si mon père m'oblige à participer à cette comédie, je quitterai non seulement la maison, mais aussi le pays !

— Ne t'énerve pas, je vais le prévenir. Dis à ton père de venir me voir.

Aux premiers mots du juge, Volkan avoua qu'il avait déjà fiancé son fils à la fille de Monsieur Yilmaz, un autre propriétaire terrien, et qu'il comptait célébrer le mariage en été.

Le juge dissimula à peine sa surprise. Cependant, il l'informa des dangers que courait son fils. Il essaya d'abord de lui démontrer qu'il risquait de compromettre les études de Nazim. De plus, les mariages précoces ne réussissaient généralement pas. Il fit ensuite allusion aux privations qui seraient imposées à une jeune femme au détriment de sa moralité, ainsi qu'à son enfant. Mais ce fut peine perdue : Volkan demeura inébranlable et refusa catégoriquement tout compromis.

Le lendemain, Nazim revint voir le juge et le trouva fort ennuyé. Son ami lui conseilla simplement de retourner au lycée et de garder confiance. Avec le temps, il ne désespérait pas de faire entendre raison au têtu Volkan.

Nazim passa un séjour bien triste à la ferme. La moindre remarque le mettait hors de lui et il ne supportait la présence de personne. Il était outré du peu de cas que l'on faisait de lui et il repartit sans avoir dit à son père ce qu'il pensait de son odieuse attitude. Quant à Talia, il ne se souvenait même pas de l'avoir aperçue durant son séjour à la ferme.

Le jeune homme avait deviné pourquoi Volkan s'obstinait de la sorte et il considérait cet entêtement comme la pire des injures. Quant aux démarches du juge, il ne se faisait aucune illusion sur leur issue. C'est donc plus découragé que jamais qu'il décida, cette fois, de ne plus revenir chez les siens.

Il informa toutefois Salih de ses intentions. Ce dernier essaya forcément de le dissuader, il insista sur le respect du fondement de la morale islamique qui consiste en l'obéissance aveugle à ses parents… Mais rien n'y fit.

— Tu me fais rire avec ta morale, répondit Nazim. Comment veux-tu que j'obéisse à des ordres aussi bêtes ? Monsieur et Madame Ersin me renieraient. Même ton père le ferait ! Je devrais donc accepter passivement ce qui va me détourner de la voie que je me suis tracée ? Je devrais me rabaisser au rang d'une simple chose par un acte aussi important que le mariage ? Que deviendrais-je si je me laissais faire ? Me vois-tu sincèrement me jeter dans les bras d'une femme que je n'ai jamais vue, dont j'ignore les qualités, les intentions et le physique ? Que diras-tu quand je viendrai t'annoncer dans un an – selon la formule consacrée – que je suis l'heureux papa d'un superbe bébé ? Comment me surnommera-t-on si je me présente au baccalauréat avec trois ou quatre gosses ? Tu dois savoir que les Volkan sont terriblement prolifiques ! Non, Salih, je ne me sens pas de taille à cultiver joyeusement un tel paradoxe. Je refuse de m'efforcer à devenir un homme digne de ce nom, tout en continuant à m'embourber dans les coutumes les plus frustes et les moins acceptables de nos milieux. Ça te plairait, à toi, de faire l'autruche ? C'est une mauvaise plaisanterie. Crois-moi, le désir du savoir absorbe toutes les autres soifs.

— Mon vieux, rétorqua Salih, tu ne peux pas non plus rompre brutalement avec ces mentalités qui nous tiennent de mille manières !

Tu ne peux imaginer la gymnastique à laquelle doit se livrer mon père pour ménager toutes les susceptibilités.

— Tu peux t'estimer heureux d'avoir un tel père. Ce n'est pas lui qui songerait à démolir ton avenir.

— Par contre, je suis persuadé qu'il te désapprouverait s'il t'entendait raisonner de la sorte. Songer à quitter ta famille pour te lancer imprudemment dans je ne sais quelle aventure, au risque de briser le cœur de ta mère, c'est une folie indigne d'une personne intelligente comme toi.

— Pourtant, c'est décidé, mon ami : je ne veux être l'esclave de personne. Même pas de mon père. Ma vie sera ce qu'elle sera, mais elle sera au moins libre et indépendante. J'ai cette envie immense de suivre seul toutes mes intuitions.

— Te voilà lancé dans de bien grands mots !

Le lendemain, Salih écrivit à son père et l'informa des intentions imprudentes de son ami. Le juge répondit :

— Nazim est un garçon de valeur et de haute conscience. La vie l'écrasera peut-être, mais, sur le principe, je ne lui donne pas tort. Ne l'abandonne pas à ses impulsions inconsidérées, veille sur lui. Je viendrai le chercher, le moment venu.

Le mariage de Nazim était devenu le sujet de discussion permanent des deux amis. Plus ils approfondissaient le sujet, plus le fils du paysan devenait intransigeant. Sa décision était irrévocable : il quitterait cette famille qui faisait si peu cas de lui. Comme les parents de son camarade d'Anatolie devaient partir au bord de la mer, il demanda à ce garçon s'il était possible de passer leurs vacances à étudier ensemble chez lui. Bien entendu, Salih tenait le juge au courant.

La veille de la fermeture des classes, quand le juge arriva en ville, il se rendit avant toute chose chez le proviseur. Il pria celui-ci de convoquer le lycéen d'Anatolie, l'ami de Nazim.

— Vous êtes bien aimable, mon enfant, de vouloir emmener chez vous Nazim, dit le magistrat au jeune homme qu'on lui présenta. Toutefois, votre ami a aussi des parents qui tiennent absolument à l'avoir auprès d'eux durant les grandes vacances. Je vous demande donc comme un grand service de bien vouloir retirer votre invitation sans parler à Nazim de mon intervention.

Comme on peut l'imaginer, le revirement du jeune lycéen bouleversa Nazim. Son chagrin s'accrut encore lorsqu'il apprit que le juge était venu spécialement le chercher. Le soir même, au restaurant, le magistrat lui tint ce discours :

— Mon petit, lui dit-il, ton père reste intraitable malgré mon insistance. Tout ce que je peux faire pour toi, désormais, c'est t'empêcher d'accomplir des actes irréparables. Je n'ai pu saisir ce que ton père a derrière la tête et je ne peux donc le juger. Je connais seulement, par Salih, ton état d'âme et tes imprudents projets. Je ne peux les admettre ni te laisser aller à l'aventure. Je ne t'ai jamais caché que je fonde de grands espoirs sur toi. Je suis flatté que tu suives mes traces, mais tu es trop jeune encore pour être le maître de ta vie.

Il poursuivit :

— Tu évoques la liberté, l'indépendance… Sais-tu que ces vocables, dont certains usent et abusent, ne sont souvent que des mots dont ils se gargarisent gratuitement ? Aucun homme n'est vraiment indépendant : chacun paie un impôt plus ou moins important à la société dans laquelle il vit. La liberté dont on fait grand étalage n'est qu'une partie de vérité dans une société structurée. Notre liberté finit toujours, là où commence celle de ceux qui ont plus de pouvoir que nous. En fixer les limites, demeure la tâche la plus difficile du genre humain. Si nos lois viennent parfois à notre secours dans la vie courante, il est des cas où il est impossible d'appliquer des principes définitifs pour mettre en harmonie tous les désirs, toutes les exigences et toutes les tendances égoïstes que chacun nomme « ses droits ». Il est inutile d'établir des normes immuables dans le domaine des sentiments. Chacun de nous est déterminé par des raisons qui relèvent uniquement de sa conscience… ou de ce qu'il croit être sa conscience. La liberté est un sentiment qui s'obtient dans les moments de transcendance. Transcender, c'est dépasser les acquis et voler au-dessus de ses limites. Croire que la liberté se résume à pouvoir faire « ce que l'on veut », c'est-à-dire de bonnes actions, mais aussi des mauvaises, c'est se faire une fausse idée de ce qu'est la liberté. C'est alors en cela que la liberté est une illusion. Nous vivons enfermés dans de fausses croyances et la recherche de la liberté absolue n'est alors comparable qu'à une extrême servitude. Il n'y a, en effet, pas de liberté possible sans une capacité de renoncement : il faut faire la vérité sur soi-même, sur les autres, sur le monde pour être en mesure de se déterminer sans illusion. Renoncer, c'est aussi choisir : renoncer à toutes les possibilités à l'exception d'une seule. L'absence de choix conduit à l'indifférence ou à l'inconstance, deux obstacles majeurs à la liberté.

Il continua son discours sur un ton plus paternel :

— Ainsi toi, l'adepte de la liberté et de l'indépendance, toi qui lèves l'étendard de la révolte au nom de ces deux mythes contre une décision de ton père – décision bête, je te l'accorde – as-tu le droit, en tant que fils, d'infliger une aussi grosse peine à celui qui t'a donné la vie, qui t'a élevé et qui t'entretient aujourd'hui à grands frais dans un excellent établissement d'éducation ? Mesure la valeur de la satisfaction morale que tu éprouverais en agissant à ta guise, comparée à la valeur, également morale, du chagrin que tu causerais aux tiens. Comme tu es un bon garçon, je suis sûr que tu n'hésiteras pas entre, d'une part, ce que tu appelles tes prérogatives et, d'autre part, les droits naturels de Volkan. Tu dois donc céder. Tous les hommes, du moins ceux qui sont dignes de ce nom, en sont là : ils renoncent souvent à leurs rêves par affection, par convenances sociales, par intérêt supérieur, et cet intérêt supérieur, c'est leur famille, leur corporation, leur pays. Vois-tu, les hommes ont tort de s'embarrasser de règles rigides, de mots souvent vides de sens, de prétentions qui ne relèvent que de l'orgueil. Les seules voix qui méritent d'être entendues sont celles du cœur, celles de la conscience – pour ceux qui en ont une – c'est le besoin d'harmonie. Lorsque ces voix ont parlé, aucune hésitation n'est plus possible.

Le magistrat joua ensuite sur la corde sensible :

— En refusant de rentrer chez ton père, as-tu pensé à la peine que tu causeras à l'être que tu chéris le plus, c'est-à-dire à ta mère ?

Acceptes-tu, de gaîté de cœur, de la faire souffrir au nom de ta liberté ou de ton indépendance ? Non, n'est-ce pas ? Tu as agi à la légère, tu as failli commettre une vilaine action. Je t'excuse, car tu es jeune et tu ignores encore toutes les réalités qui nous enserrent dans un labyrinthe de vérités autrement redoutables que les grands mots. Je sais que tu désires t'affranchir des prophéties et des coutumes de notre pays. C'est louable, mais, là encore, une certaine prudence s'impose. Tu ne peux franchir aussi brutalement la barrière qui sépare deux mondes si différents, tu ne peux sauter brusquement du milieu musulman au milieu occidental. Bien des liens, que tu ne sembles pas percevoir, t'ancrent malgré toi à la vie de tes ancêtres où tout n'est d'ailleurs pas à renier. Es-tu capable d'abandonner les tiens, rien que pour ressentir la vaine supériorité d'une évolution rapide ? Renoncerais-tu facilement à tes douces impressions de jeunesse et à tes affections premières ? Même si tu brisais tous ces liens, es-tu certain de te créer ailleurs de nouvelles affections aussi simples que celles que tu auras perdues ? De vivre des désinvoltures qui flatteraient ta dignité ? Des honneurs qui seraient en rapport avec ta valeur personnelle ? Mon enfant, nous nous débattons au beau milieu d'une situation navrante, car nous sommes obligés d'évoluer entre différentes cultures souvent opposées. En agissant imprudemment, nous risquons de mécontenter les uns et les autres, et de provoquer notre propre faillite. Ceux que tu quitterais sans réticences ne te le pardonneraient jamais et il n'est pas certain que tu rencontrerais, de l'autre côté, les sympathies qui compenseraient tes sacrifices.

Le juge reprit son souffle et conclut :

— Ce que je dis là doit aussi servir à mon fils. Vous me connaissez, tous les deux. Vous avez dû remarquer les efforts auxquels je m'astreins au village pour entraîner doucement mes coreligionnaires vers une évolution salutaire ; vous vous êtes rendu compte du tact que j'apporte dans mon humble croisade. Il ne faut effaroucher personne, ne forcer aucune conscience, s'interdire toute attitude qui pourrait être perçue comme une offense. Le plus grand obstacle en la matière est la différence des cultures entre nous et les autres. Beaucoup de gens, par mauvaise foi ou par idéologie, ont vite fait de tout ramener à une pratique étroite de la religion – je dirai même à l'extrémiste – en se servant d'armes redoutables comme le choc des civilisations, la conversion, voire l'hérésie. Tu sais, nous aurions aimé, moi et mon épouse, choisir librement notre mode vestimentaire, avoir un langage libre, ne pas devoir nous référer en permanence aux citations religieuses qui remontent à des siècles en arrière, aller nous promener sans avoir ces regards tueurs. Je ne l'ai pas fait, car j'aurais choqué les autres, j'en aurais fait des ennemis qui auraient combattu férocement mon travail. Grâce à la rapide évolution de la Turquie, vous pouvez tous les deux aller plus en avant que moi. Mais ne vous faites pas d'illusions : vous serez obligés de composer avec l'opinion musulmane fondamentaliste si vous voulez œuvrer en paix et jouer un rôle humaniste. Vos petits-fils, peut-être, pourront se payer le luxe d'une révolution menée par des jeunes. En attendant, soyez circonspects et ne partez pas en guerre contre des moulins à vent.

« J'en ai peut-être trop dit, songea le juge, mais c'était nécessaire pour éclairer Nazim. Je devais lui faire comprendre que son devoir était de rentrer chez son père et de consentir à se marier pour ne pas encourir les reproches de sa conscience et ceux de l'opinion conservatrice. Pour le moment, il n'y a pas d'autres issues pour lui. Cela ne veut pas dire que je l'engage à renoncer à ses idées ou à freiner son élan vers la lumière. Rien n'est perdu. S'il suit sa bonne étoile, s'il y met du sien, il réussira malgré les difficultés de l'heure présente ».

Soudain, Nazim éclata en sanglots et parvint à peine à murmurer :

— J'étouffe, je n'arrive pas à dire tout ce que j'ai sur le cœur.

— Tu en verras bien d'autres, mon petit. Retiens bien ce que je te dis : confie-toi à ta chance, car nul n'est maître des événements.

10

L'affection et l'admiration qu'il vouait au juge avaient eu raison de la décision prise par Nazim de ne plus rentrer dans la famille. Il ne manquait pourtant pas d'arguments à opposer à ceux de son grand ami. Il pouvait l'émouvoir, se faire rendre justice, mais les convenances ne lui permettaient pas de le contrarier. Le respect dû aux aînés est le fondement de la société turque, l'une des rares choses auxquelles Nazim restait encore attaché, ce qui lui interdisait toute contestation envers celui qu'il plaçait très haut dans son estime.

En conséquence, il se tut, refoula sa déception et se laissa ramener à la maison paternelle. Les efforts de Salih et de son père n'arrivèrent pas à ramener un soupçon de joie en lui. Il était effondré, sans aucune lueur d'espérance. Tout semblait fini pour lui, un trou noir se creusait dans sa tête et l'avenir l'effrayait.

« Suis-je vraiment obligé de vivre en contradiction avec tout ce qui fait la valeur de l'existence, se disait-il ? »

« Le plus beau des océans
Est celui qu'on n'a pas encore traversé.
Le plus beau des enfants
N'a pas encore grandi.
Les plus beaux de nos jours
Sont ceux que nous n'avons pas encore vécus.
Et les plus beaux des poèmes que je veux te dire
Sont ceux que je ne t'ai pas encore dits. »

Le jeune homme continuait à ruminer sa peine :

« Pourquoi m'a-t-on retiré du milieu des bergers et des paysans ? Pourquoi a-t-on dépensé autant d'argent pour moi et, de mon côté, pourquoi ai-je tant travaillé pour aboutir à l'effroyable incertitude qui m'accable ? Si c'est ça la vie, pourquoi cherche-t-on à la faire paraître plus belle qu'elle n'est ? Je ne sais pas si, un jour, j'aurai la chance d'écouter ces poèmes qui n'ont pas été dits ! »

C'est dans cet état d'esprit qu'il regagna la ferme, au soir d'une suffocante journée de juillet. Alev remarqua tout de suite son air lointain, son regard éteint et ses gestes d'automate.

— Tu es fatigué, mon fils ? Il fait si chaud ! Va te reposer un instant dans ta chambre.

Il obéit pour échapper à l'ennui des *Hoşgeldiniz*[16] de circonstance et se dirigea tout droit vers sa chambre.

— Tu ne dors plus là ! lui cria sa mère.

Les traits du jeune homme se crispèrent et un gros soupir s'échappa de sa poitrine. Il entra dans une autre pièce, meublée luxueusement avec une profusion de riches tapis, de miroirs et de rideaux artistiquement noués aux fenêtres.

— Pourquoi tout ce faste ? demanda-t-il à sa mère en fronçant les sourcils.

— Parce que, désormais, tu ne seras plus seul, répondit-elle avec un sourire entendu.

— Vous auriez pu garder vos chiffons et me laisser tranquille.

— Tu sais, mon petit, je ne suis pour rien dans cette affaire et je la regrette autant que toi.

— Je ne veux pas rester ici, prépare-moi mon lit ailleurs.

— Sois raisonnable, mon fils, tu sais très bien que toute résistance est inutile. Ne pourris pas une situation déjà fort compromise. Ce soir, viens dormir dans ma chambre. Demain, nous parlerons plus calmement. Décide-toi, je te le demande.

Dans le silence de la nuit, lorsque tous les petits se furent endormis, Alev souffla doucement à son fils :

— J'ai vu ta future épouse ! Ton père m'a forcée à lui porter moi-même les cadeaux de fiançailles. Elle a quinze ans. Ce n'est pas une beauté, mais elle est agréable, elle m'a semblé très douce. Elle s'est

---

[16]Bienvenue ! en turc.

tout de suite attachée à moi. Je la sens malheureuse, car sa mère a été répudiée il y a dix ans. Son père s'est remarié et elle vit avec lui. Elle fera certainement notre affaire.

— C'est ça ! Vous ne voyez que vos affaires et vos intérêts. Par contre, mon avis ne compte pas !

— Le mariage est une chose naturelle, mon petit. Il faudra bien que tu te maries un jour. Le plus tôt sera le mieux.

— Dis plutôt qu'il vaut mieux que je me taise. Personne ici ne me comprend.

— Ne dis pas ça, j'ai déploré, comme toi, la précipitation de ton père dans cette affaire. Mais puisqu'il semble y tenir, nous devons nous soumettre. Il n'y a pas d'autres solutions.

— Je devrais donc me sacrifier pour ne pas te faire de la peine et pour ne pas amplifier la confusion qui règne dans notre famille ? Je tiens à te prévenir que je ne serai jamais réellement le mari de celle que vous allez m'amener. Je resterai libre de ma personne.

— Ça ne se fait pas ! Cela provoquerait des commentaires odieux qui porteraient atteinte à l'honneur de nos deux familles. Celle de ta promise est tout ce que l'on peut souhaiter d'honorable. Méfie-toi mon enfant, et ne rêve pas de choses impossibles. Tout est prêt et ton père ne peut plus reculer. Je te supplie de ne pas employer de moyens inconvenants. Accepte son choix avec obéissance, sinon tu me rendras encore plus malheureuse que je le suis. Si tu refuses, ton père ne manquera pas de m'accuser de t'avoir détourné de ton devoir. Réfléchis à ce que tu dois faire.

Nazim ne dormit pas de la nuit. Il n'était pas le seul, car, dans le silence nocturne, les fréquents soupirs de sa mère signifiaient qu'elle partageait, à sa manière, les tourments de son enfant.

Chez les musulmans, les parents conservent la prétention de guider leur enfant à tout instant de leur vie et toute dérogation à cette règle est sévèrement désapprouvée par les traditions. Même adultes, le rôle des enfants consiste à travailler, à tout remettre au père et à lui abandonner la direction intégrale des affaires de la famille. Fort de cette tradition, Volkan organisa les préparatifs de noce sans consulter son fils, qu'il savait pourtant très irritable sur ce qui pouvait affecter sa dignité.

Talia, pour sa part, manifestait beaucoup d'énervement depuis l'annonce du mariage de Nazim. La jalousie la portait à des imprudences qui risquaient de lui attirer les pires ennuis. Elle était déchaînée, n'épargnait personne, même pas son mari. Volkan se montrait en la circonstance d'une patience céleste. Il n'ignorerait pas les raisons de la fureur subite de sa jeune femme, pourtant, il poursuivait placidement ses projets.

Talia guettait Nazim depuis son retour, car elle désirait une explication. Hélas ! ce dernier l'évitait soigneusement. Non seulement il avait peur d'elle, mais il avait surtout peur de lui-même, conscient que les provocations de sa jeune belle-mère risquaient de titiller ses sens. Talia connaissait à merveille le pouvoir de ses charmes. Elle se sentait même capable d'enjôler les consciences les plus irréductibles.

Or, un soir dans l'obscurité, une main arrêta Nazim. La voix ardente de la seconde épouse de son père lui souffla dans le silence de la nuit :

— Tu vas te laisser faire ? J'espère que tu as compris les intentions de ton père : il veut tout simplement nous séparer. Vengeons-nous. Nazim, nous ne retrouverons peut-être plus jamais ces instants qui s'offrent à nous.

Elle essaya d'abord de l'entraîner à l'écart. Puis, devant l'hésitation du jeune homme, elle se jeta sur lui et couvrit de baisers un visage que le désir crispait déjà.

— Viens, mon cœur ! murmura-t-elle. Je te veux avant que l'autre ne te prenne. Viens…

Nazim commençait à perdre ses sens. Il allait perdre la tête quand une porte s'ouvrit à proximité et le rappela à la réalité. Il eut juste le temps de se cacher.

Depuis cette rencontre, il avait perdu toute assurance. Il était hanté par la peur et ses rêves au cours desquels il répondait avec fougue aux caresses de la terrible Talia. Sa chambre lui paraissait un refuge dérisoire. Il n'osait même plus se rendre au village, tellement il redoutait les innocentes taquineries suscitées par son prochain mariage :

— Tu meurs d'amour ? lui disaient ses amis lorsqu'ils le rencontraient. C'est vrai que ton père t'a acheté une sultane ? Fais voir sa photo… N'aie pas peur, on ne te la mangera pas, surtout que tu vas l'enfermer à double tour.

Entretemps, à la ferme, les préparatifs allaient bon train en vue d'une grande noce. En effet, après la nuit nuptiale, Volkan avait décidé de rééditer la même fête qu'il avait offerte à son fils après ses succès scolaires. Des musiciens locaux devaient alterner avec un autre groupe venu du village voisin. Le pacha et le bey de la région étaient même invités à la fête.

Les festivités se déroulèrent normalement, fabuleusement et joyeusement. Seul Nazim ne prit aucune part aux réjouissances données pourtant en son honneur. Il avait prié son ami Salih de lui tenir compagnie durant ces journées douloureuses. Ils partaient à l'aventure dès le petit jour et ne rentraient qu'à la nuit tombée. Ils se dissimulaient alors dans l'ombre, loin du tam-tam, des danses et des airs langoureux de musique.

Cette absence contrariait Volkan qui aurait voulu montrer à ses nombreux invités, son beau jeune fils. Il faisait néanmoins contre mauvaise fortune bon cœur et, si on le questionnait au sujet de la disparition de son fils, il répondait invariablement : « Il a honte ».

Nazim avait causé beaucoup de peine à sa mère en refusant de se montrer à la fête. Craignant un nouveau coup de tête de la part de son fils, Volkan dépêcha un ami pour lui recommander de ne pas manquer « l'entrée de la mariée ». On le préviendrait à ce moment-là.

Nazim et son ami eurent tout le temps d'évoquer la nuit nuptiale. Salih essaya vainement de convaincre le fils de Volkan, il eut beau rejeter ce qu'il appelait les idées farfelues, son ami persistait dans son refus de connaître intimement sa jeune femme ! Nazim se justifiait par ces mots :

— Je n'ai que ce moyen pour montrer à mon père que je ne suis pas une marionnette dont il dispose à son gré. Je le respecte, mais son genre de vie ne me dit rien et, pour rien au monde, je ne la mènerai. C'est clair et net ! Certes, je ne lui reproche pas son mode de vie, sa mentalité et son autorité coléreuse. Je sais qu'il ne peut se comporter autrement ; il est le gardien d'un long passé figé dans des aspects que nous ne connaissons que trop hélas ! Or, ma vue s'est ouverte sur d'autres horizons que les siens. J'ai des connaissances précises et des aspirations bien déterminées. Ce qui me met hors de moi, c'est qu'on veuille, inconsciemment, je l'admets, me détourner d'un avenir pour lequel j'ai été préparé. Je suis sûr que tu penses comme moi. Seulement, tu prends un malin plaisir à me contredire. Je suis d'ailleurs très inspiré en ce moment par ces quelques vers du poète Roumi :

« L'homme est un livre
En lui toutes les choses sont écrites,
Mais les obscurités ne lui permettent pas
De lire cette science
À l'intérieur de lui-même. »

— Je n'ai ni ta fougue ni ton intuition, je le reconnais bien humblement, mon vieux. Je suis terre-à-terre et je ne veux nullement faire de mon existence une bataille dont je ne soupçonne ni l'utilité ni le résultat final. Est-ce parce que je suis le fils de mon père ou simplement parce que j'ai moins de tempérament que toi ? En tout cas, je regrette que tu ne tiennes pas compte de la leçon que mon père nous a faite au restaurant.

— Tu crois ? Sans ton père, je ne serais pas ici aujourd'hui, contraint de jouer le rôle de marionnette.

— Tu veux toujours avoir raison. J'espère tout de même que tu réfléchiras honnêtement à l'injustice que tu t'apprêtes à commettre.

— A-t-on réfléchi à celle que je subis, moi ? C'est toujours à moi de sacrifier ce qui me tient le plus à cœur ? Ça pourrait encore durer longtemps, si je me laissais faire !

Puis, vers minuit, l'heure tellement redoutée arriva. Lorsque les musiques se turent, on vint discrètement prévenir Nazim que son rôle allait commencer. Il se rendit courageusement afin d'accomplir ce qu'il considérait comme une pénible obligation. Il était plus décidé que jamais à ne pas consommer ce mariage, mais, dans sa chambre, installée à la tête du lit, il trouva un genre de grande poupée soigneusement parée, élégamment maquillée.

Ce n'était pas encore une femme, mais une jeune fille de quinze ans à peine. Elle n'avait pas encore cette beauté parée des mille grâces, mais un charme discret s'échappait du visage enfantin et poudré de la jeune épouse. Ses traits réguliers n'étaient pas encore débarrassés tout à fait des expressions de l'enfance, mais ils donnaient à sa physionomie une candeur touchante. Son regard intimidé, mais droit, ainsi que la profondeur de ses yeux rehaussaient le teint mat d'une peau au grain délicat. Zeynep n'avait pas encore ce long balancement de hanches qui fit le charme des femmes accomplies, mais on sentait de l'agilité dans ce corps allongé avec grâce.

Dès l'entrée de Nazim, la jeune fille se figea dans une immobilité de pierre et baissa les yeux. Nazim se garda bien de rompre le silence et choisit de s'étendre sur le canapé avec l'espoir d'y passer tranquillement la nuit. Or, une voix délicate et tremblante d'émotion s'éleva aussitôt du monceau de soieries qui recouvrait tout le haut du lit :

— Ton repas est prêt sur la petite table, murmura-t-elle.

Nazim ne répondit pas. Certainement prévenue par sa belle-mère de la déception de son mari, la jeune fille surgit de ses voiles multicolores, descendit du lit et glissa la petite table auprès du jeune homme.

— Tiens, mange ! Ta mère m'a recommandé de ne pas te laisser sans dîner.

— Je n'ai pas faim, remets la table en place !

Elle vint lentement s'asseoir près de son époux sur le canapé et Nazim la regarda alors pour la première fois. Sa déférence et sa soumission le touchèrent. Il l'examina plus longuement et reconnut que sa mère en avait dressé un fidèle portrait. Il fut alors bien embarrassé, car il n'osait pas brusquer ce pauvre être qui cherchait déjà à s'attacher à lui. Ne partageait-elle pas le même sort que lui ?

Elle était la chose de Yilmaz, comme il était celle de Volkan : une marchandise qu'on avait cherché à placer et à bien placer, sans qu'on ne lui ait jamais soufflé mot de cette union réalisée à son insu. Il avait pitié, mais restait néanmoins inébranlable dans sa décision de ne pas consommer le mariage.

Il continua donc de se taire, jugeant que le mutisme était la seule chose qui convenait en cette circonstance pour le moins étrange. La jeune fille, pour sa part, était sur des charbons ardents. À l'appréhension de l'inconnu, du sacrifice qu'elle devait accepter, s'ajoutait la crainte que lui inspirait un Nazim distant et cassant. Que devait-elle faire ? Se réfugier dans la dignité et subir ce que lui avait laissé entrevoir sa belle-mère ? Ou suivre les conseils de cette dernière pour éviter le ridicule d'une femme méprisée ? Elle fit un effort et finit par murmurer :

— J'ai toujours été malheureuse chez moi. J'ai vécu en permanence la violence et l'humiliation de mon père et de ma belle-mère. J'aspirais à une délivrance en venant ici.

— Je te plains sincèrement de tout mon cœur, mais la faute incombe à ceux qui ont disposé abusivement de nous deux.

— Je vois que ta mère n'a pas exagéré en vantant ta beauté et ta franchise. Je comprends que tu désires une femme à ton image, mais est-ce ma faute si le hasard fait si mal les choses ?

— Encore une fois, je ne peux que te plaindre. Je compatis.

— Je ne suis pas instruite comme toi, je ne comprends pas toujours ce que tu dis. Je ne suis jamais allée à l'école, moi !

— Alors, va te coucher.

Elle se leva, s'étendit sur le lit sans l'ouvrir, puis éclata en sanglots. Ni l'un ni l'autre ne put s'endormir. Enfin, les sanglots de Zeynep cessèrent et Nazim la crut résignée. Il attendit alors avec impatience le lever du jour, qui le délivrerait de cette angoisse, mais il n'était pas au bout de ce qu'il appelait son supplice. En effet, la mariée quitta brusquement son lit et vint s'accroupir à ses pieds.

— Que fais-tu ? Je t'ai pourtant donné l'ordre de te coucher.

— Ce lit n'est pas à moi, je ne veux pas t'en chasser. Dieu ne veut pas que je sois heureuse. Dans ce cas, pourquoi essayer d'aller à l'encontre de ses volontés ? Ma place est sur le sol nu. Je n'aurai jamais davantage.

— Va te coucher !

— Non. Pourquoi tiens-tu à me donner des ordres, si je ne suis rien pour toi ?

Elle se remit à pleurer. Pour mettre fin à cette scène, Nazim prit possession du lit et céda le canapé à Zeynep.

— Couche-toi là, puisque tu ne veux pas du lit.

— Non, c'est encore trop beau pour moi.

L'énervement commençait à gagner Nazim. Une soif de brutalité s'emparait de sa raison. Lui, si attentif, si amoureux de la liberté, était sur le point de devenir injuste à l'égard de cet être faible, livré à sa discrétion.

« J'allais agir comme mon père, avec le même aveuglement égoïste. Je crois que je ne vaux pas mieux que lui », se dit-il.

Zeynep, toujours assise aux pieds du canapé, versait ses dernières larmes. Dans un geste généreux dont il était coutumier, Nazim dit alors à la petite désespérée :

— Je n'ai pas le droit de te traiter si durement. Pardonne-moi. Débarrasse-toi de tes habits et prends place à mes côtés.

Zeynep obéit, mais, sitôt qu'elle se vit en simple liquette, étendue près du jeune homme, elle se mit à trembler de tous ses membres. À quelques instants du moment qu'elle redoutait, elle sentit une immense peur l'envahir. Malgré toute la raison dont elle avait fait preuve, et la résignation qu'elle voulait s'imposer, elle voyait en Nazim un mâle débridé à l'assaut duquel il fallait résister.

Elle se fit alors toute petite, évitant soigneusement tout contact charnel avec ce maître hautain et autoritaire. Les nerfs vibrants d'anxiété, elle attendait le moment fatal. Cette retenue plut au jeune lycéen qui se rappelait la hardiesse de Talia.

Puis, sans savoir comment, la chose arriva et le désir monta brutalement en lui. Il essaya de résister, mais en vain. Lui qui voulait fuir l'accouplement, il cherchait maintenant fiévreusement ce corps tiède qui tentait de se dérober. Alors, il se redressa, regarda longuement l'objet de son désir, puis il se jeta sur Zeynep. Celle-ci ferma les yeux et son corps se raidit dans une suprême défense, car l'impatience de Nazim se faisait de plus en plus farouche. Zeynep savait qu'elle devait accepter son sort. À quoi bon résister ? Cela aussi, c'était écrit. Elle fixa son jeune époux avec des yeux emplis de frayeur et abandonna courageusement ses chairs aux caprices du beau mâle.

Alev se rendit de bonne heure auprès de la mariée que Nazim avait laissée seule au lever du jour. Elle se précipita sur le linge de nuit de Zeynep et poussa de longs youyous auxquels répondirent en écho ceux des femmes de la ferme.

Nazim ressentit alors le plaisir d'être devenu un homme.

11

L'un des plus grands défauts des sociétés, qu'elles soient musulmanes ou occidentales, est certainement celui qui les porte à se juger les unes les autres, uniquement à travers leurs idéologies particulières ; idéologies à prédominance religieuse ou nationaliste. Les premières ne savent apprécier les mutations qu'à la lumière d'un islamisme dont l'orthodoxie est loin d'être intangible, tandis que les secondes interprètent les transformations suivant un occidentalisme qu'ils disent adapté à toutes les circonstances.

Dans ce heurt entre deux cultures aussi différentes, les uns et les autres se trompent fatalement dans les critiques qu'ils se portent. S'en étonner serait une grossière erreur, car cette sorte d'antagonisme réciproque n'est qu'un aveu tacite de l'incompréhension qui préside aux relations entre les deux cultures.

Pour juger quelqu'un à sa juste valeur, il faut le connaître, c'est-à-dire – dans la mesure du possible – mettre en lumière les mobiles qui dirigent ses actes, les exigences de son milieu, les données de sa pensée, les prescriptions de sa foi, sans exclure les nombreux aléas qui aident à construire une personnalité. On se contente généralement d'une vision très approximative, sans s'informer amplement des êtres qui ont des mœurs différentes. Cette conception singulière cause assez bien de mal dans les relations entre les peuples et devient particulièrement dangereuse quand elle s'applique aux rapports entre différents groupes culturels que les circonstances condamnent à vivre ensemble. Il s'avère que les Occidentaux n'acceptent pas les mœurs des musulmans et, en réaction, ces derniers se hérissent devant le mode de vie des Occidentaux sous prétexte que cette doctrine va à l'encontre des préceptes de leur culte. Il manque un pôle d'attraction et il n'y aura pas de contact efficace entre ces deux environnements tant que les uns et les autres resteront dans une incompréhensible expectative, voire dans le reniement. La démarche essentielle, c'est le respect mutuel rigoureux et la convergence vers un juste milieu que l'on ne trouvera que par la synthèse des qualités des uns et des autres. Dans son élan juvénile vers le modernisme, Nazim ignorait les difficultés de l'épineux problème qu'il abordait constamment avec naïveté.

Depuis son mariage, le jeune lycéen s'abstenait de descendre au village. Pour briser son ennui, il pria Salih de lui tenir compagnie et lui expliqua les raisons de cette mise à l'écart.

— J'aime te voir comme ça, lui dit Salih. La vie te guérira de tes désirs excessifs et tu te rendras compte qu'il ne suffit pas d'être intelligent pour réussir. D'ailleurs, si tu ne fais pas davantage de concessions, tu connaîtras d'autres désillusions. À propos, mon père voudrait te voir.

— Après tout ce qui s'est passé ? Non, je n'ose pas me présenter à lui. Veux-tu m'excuser ? Invente ce que tu veux.

— Te voilà donc prisonnier de la ferme ? Est-ce bien obligé ?

— Il faut bien que je paie ma lâcheté ! Et puis, je l'avoue, j'ai peur des amis du village. Surtout pas un mot de ceci au lycée, sinon je passerais mon temps à me battre ! Je ne pourrais pas supporter les réflexions de ceux de Kayaköy.

— C'est promis. Malgré tout, si tu veux descendre au village, je préviendrai nos amis d'éviter toute plaisanterie à propos de ton mariage.

— Non, je préfère éviter de me montrer. En plus de leurs moqueries, il y a les regards et les sourires. Et contre cela, tu ne pourrais rien.

— Tu es bizarre, Nazim, tu vois toujours les choses autrement que les autres.

— Que veux-tu ? Je suis fait ainsi. Bref, assez de parlotes, j'espère que tu ne m'abandonneras pas pendant le reste des vacances.

— Pas du tout, d'autant plus que tu as besoin d'être défendu contre toi-même, dit-il en rigolant.

— Merci Salih ! Je souhaite de n'avoir jamais à endurer une situation pareille.

Pour se conformer aux coutumes, Nazim ne voyait sa jeune femme que la nuit et il évitait d'aller là où elle se tenait. Le soir, il la retrouvait sans enthousiasme, mais non sans plaisir. Il commençait à s'habituer à elle, d'autant plus qu'elle savait l'apaiser par sa douceur toujours égale. Il avait accepté son sort avec résignation et ne lui tenait plus aucune rigueur. Au contraire, il jugeait avec égard, comme il convient de le faire, cette pauvre orpheline qu'on lui avait imposée et qui, jusque-là, avait subi les humeurs incohérentes d'une belle-mère acariâtre. Certes, il l'aurait voulue plus vive, plus expansive, plus provocante, moins soumise. Il aurait préféré une fille à la personnalité affirmée, une fille qui exigerait le respect de sa dignité et qui défendrait davantage ses droits de femme. Il était impossible avec elle de hisser le niveau de la conversation. En contrepartie, elle lui offrait une bonne volonté sans limites, ainsi qu'une obéissance et une égalité d'humeur exaspérantes.

Nazim ne réalisait toujours pas que son épouse ne pouvait être qu'une âme soumise. Elle n'avait reçu aucune éducation et s'était heurtée, dès sa plus tendre enfance, à l'autorité tyrannique d'une belle-mère jalouse qui profitait de la faiblesse d'un père perpétuellement soumis à ses exigences. Le cas de Nazim était celui de tous les intellectuels du monde musulman, confrontés aux défaillances d'une pensée musulmane sclérosée, à travers une lecture figée des textes, le raidissement ritualiste, la standardisation de l'islam et l'essor d'un fondamentalisme assimilé à une secte. Mais le plus inconcevable chez ces potentats, c'était de considérer la femme comme un être impur, en faire la victime d'une grande injustice, la priver de ses droits les plus élémentaires et la considérer comme inférieure à l'homme, tant sur le plan physique que moral.

Lors des conversations avec sa femme, Nazim en était réduit à commenter les petites banalités qui fleurissent dans un milieu aussi hétéroclite que la famille Volkan. La jeune femme excellait à rapporter à son mari les bavardages des environs et à décrire avec force détails les querelles, souvent sérieuses, qui éclataient immanquablement entre femmes lorsque les hommes étaient absents. Le lycéen arriva peu à peu à supporter les chichis de son épouse, chose qui lui faisait horreur au début. Il s'intéressa ensuite à ce qu'elle saurait faire. Un soir, il lui posa la question et elle répondit :

— Comme toutes les femmes turques, je sais faire *dolma* (les légumes farcis), *mantı* (les raviolis), *börek* (les feuilletés) et le *pilav* (les plats de riz) ainsi que les pâtisseries (*baklava, lokum,* et *künefe*). Si mon père m'avait envoyée à l'école, je ne serais pas aussi timide devant toi, je serais comme toi, je me sentirais digne de toi. Je sais ce qu'il t'en coûte d'avoir une femme comme moi et je ne me fais pas d'illusion sur mon avenir : un jour ou l'autre, tu auras une épouse plus intelligente et plus apte à te comprendre.

— Dois-je en conclure que je vais devoir continuer à confier à une étrangère du village l'entretien de mon linge et de mes habits ?

— Oui, jusqu'à ce que tu en épouses une autre qui saura mieux te satisfaire.

— Sois tranquille sur ce point : je n'aurai jamais deux femmes, du moins ici. Je sais ce qu'il en coûte.

— Je ne me vois pas rester ton unique épouse.

— Ne t'inquiète pas inutilement. Comme tu le disais lors de notre première nuit, laisse ton destin s'accomplir.

— Prends toutes les femmes que tu voudras, mais je te demande une seule chose : ne me chasse pas. Passer une nuit par mois avec toi m'est plus cher que la présence continuelle d'un autre époux. Je préfère te servir, te soigner et subir tes caprices, plutôt que passer une seule seconde avec la femme de mon père.

« Me voilà dans de beaux draps, murmura Nazim. »

— Que dis-tu ?

— Rien…

Alev veillait attentivement sur la jeune femme. Elle raisonnait son fils afin qu'il soit plus souple, qu'il ne gâche pas la paix familiale et ne heurte pas trop les traditions ancestrales. Elle enseignait aussi à sa belle-fille les manières de se faire aimer, d'éviter certaines embûches et de venir à bout – sans trop en avoir l'air – des idées arrêtées de son mari. Elle était très heureuse des résultats obtenus, d'autant plus que son mari s'était visiblement rapproché d'elle pour l'aider à consolider l'union des jeunes conjoints.

Seule ombre au tableau : le comportement sournois de Talia, qui s'était accaparé les bonnes grâces de la jeune mariée. Elle l'amusait et lui faisait apporter des pâtisseries du village, qu'elle lui faisait déguster en l'aidant à s'habiller et à se faire belle.

De son côté, emporté par ses idées révolutionnaires, Nazim rompit délibérément avec la vieille coutume qui imposait de traiter sa femme comme une étrangère devant les invités. Au grand dam de la famille, il se mit donc à parler publiquement avec sa femme, à s'enfermer avec elle aux heures chaudes de la journée, et même à la taquiner dans la cour de la maison. Talia n'était pas en reste : elle prenait part à leurs jeux et s'isolait avec eux pour rire ou chanter. Elle s'introduisait même dans la chambre du jeune couple, où tous trois donnaient libre cours à leur gaieté.

Devant ces comportements, Volkan s'alarma de nouveau et crut utile de prier Alev de réfréner les élans de Talia et de lui interdire une fréquentation aussi assidue du jeune couple.

— Je ne peux pas, répliqua Alev. Talia a leur âge et j'aurais l'air ridicule si j'intervenais. Cette petite peste est capable de me dire des choses désagréables et je préfère éviter cela.

— Tu as peur d'elle, maintenant ?

— J'ai surtout peur du scandale. Tu es plus qualifié que moi, j'imagine, pour lui ordonner de s'éloigner des enfants, si toutefois tu estimes que cette intimité présente des risques.

— Il y a effectivement un danger. Talia pourrait influencer Zeynep dans un sens différent de celui que j'attends. Et puis, sa place n'est pas dans leur chambre. Ton devoir de mère t'impose de veiller sur ton fils et sur la fille qui nous a été confiée.

— Je ne vois pas les choses de la même façon.

— Je te répète que je pressens un danger. Par conséquent, je te demande instamment d'intervenir et de les séparer. Fais-le pour me faire plaisir. Ai-je démérité à tes yeux ? N'es-tu pas ma première femme, ma confidente, mon amie ?

— D'accord, j'interviendrai.

On approchait de la fin août. Les trois jeunes gens s'étaient réfugiés dans la chambre de Nazim par un après-midi orageux. Alev crut le moment venu de terrasser sa rivale : elle entra brusquement dans la pièce et y trouva les jeunes femmes en tenue négligée, pendues à Nazim qui essayait de se dégager par de petits coups de reins et en jouant des coudes.

Alev se sentit comme pétrifiée devant l'attitude de Talia. En effet, les bras nus de sa rivale entouraient le cou de Nazim, qu'elle empêchait de se libérer, sa joue collée contre la sienne. Zeynep et Talia lâchèrent prise aussitôt, confuses d'être surprises dans cette position.

— Tu veux te joindre à elles ? dit Nazim en attirant sa mère.

Alev se dégagea brusquement, montra la porte à Talia et laissa les mariés aux plaisirs de nouvelles luttes.

La première épouse de Volkan n'avait jamais aimé sa rivale, dont elle redoutait l'exubérance. Dès lorsqu'elle trouvait l'occasion de l'humilier, elle ne la ménageait donc pas. Cette fois, elle ne se priva pas de lui reprocher d'un ton sarcastique ses mauvais instincts, ses manières dépravées, son indécence et son manque de retenue. Elle posa un index sur sa paupière et lui dit :

— Tu crois que je n'ai pas remarqué ta façon de lutter avec Nazim, joue contre joue ? Mon œil ! À présent, c'en est assez ! conclut-elle, à partir d'aujourd'hui, je te défends de leur adresser la parole.

Une montagne n'aurait pas davantage écrasé la fille d'Ozan. Elle suffoqua et perdit même brièvement conscience. Puis, Alev partit et elle regagna sa chambre, en proie à une intense agitation. Que devait-elle faire ? Elle était prête à tout, mais elle voulait auparavant revoir Nazim. Or, prévenu par sa mère, ce dernier l'évitait. Elle attendit alors le retour de Volkan, déterminée à avoir une explication sérieuse qui le pousserait jusque dans ses derniers retranchements.

— Cette fois, clama-t-elle, il aura à choisir entre Alev et moi.

Nazim rejoignit bientôt le lycée. Il eut de la peine en quittant Zeynep qui lui avait prodigué des marques de profonde affection durant toute la nuit. Le matin, il avait réussi à se composer une mine décente et à s'éloigner dignement de la ferme paternelle. Durant les cours, il pensait souvent à la petite adolescente si charmante qu'il avait laissée derrière lui. Pourtant, contre toute attente, ses études se poursuivirent normalement et il conserva son rang, plus mûri, plus assagi et plus aguerri par l'expérience qu'il venait de vivre.

Fin janvier, il revint joyeusement à Kayaköy, où une surprise désagréable l'attendait. En effet, après son départ, en septembre, Talia n'avait pas perdu son temps : elle avait usé de toute sa finesse pour convaincre Volkan d'épouser sa cause dans la lutte qu'elle menait contre Alev qui l'accusait de tous les délits.

Volkan avait d'abord fait la sourde oreille, puis il avait promis de lui donner satisfaction, mais sans jamais agir. Cette inertie déchaîna la fille d'Ozan et l'affection qu'elle portait à Zeynep se transforma bientôt en une haine féroce. Quand Zeynep se montrait dans la cour, elle l'apostrophait grossièrement. Elle la dénigrait à haute voix, se moquait de ses manières, trouvait toujours mille et une façons de ridiculiser les attitudes un peu naïves de la compagne de Nazim. Elle ne tarissait pas sur ce qu'elle appelait les laideurs de cette fille. La malheureuse n'avait de répit que lorsque Volkan était à la maison. En l'absence de celui-ci, Talia allait jusqu'à la tirer par ses longues nattes. Alev intervenait, mais elle comptait surtout sur son mari pour faire cesser ces odieuses humiliations.

— Tu m'as trompée ! lui lança-t-elle un jour devant Talia. Tu m'as jetée dans les griffes de ta tigresse et maintenant, tu es incapable de la maîtriser. Tu n'es pas un homme.

Zeynep et Alev ne pouvaient compter que sur Nazim. Heureusement, le hasard les servit. En effet, un soir où le jeune homme rentrait du village, il trouva sa femme aux prises avec Talia, qui lacérait ses habits. Il n'hésita pas une seconde : il libéra Zeynep, puis gifla par deux fois la seconde femme de son père qu'il reconduisit dans sa chambre en la bousculant dans le dos. Au comble du dépit, Talia se griffa elle-même la figure et ameuta toute la ferme par ses cris perçants, obligeant Nazim à disperser les curieux. N'avait-il pas fait son devoir en suppléant l'autorité conjugale défaillante ? La mère Ozan s'enferma sans mot dire avec sa fille.

Volkan accueillit la chose avec un large sourire. Son orgueil de père en fut agréablement flatté. N'avait-il pas proclamé à maintes reprises qu'un Volkan ne se laisserait jamais dominer par une femme ? Il ne manqua pas de féliciter son fils avec enthousiasme.

— Quant à la chienne, cette fille de chienne, ajouta-t-il, elle se soumettra ou elle partira !

Volkan jubilait. Il était arrivé à ses fins. La correction infligée à Talia apportait à ses inquiétudes le remède suprême.

Or, Talia n'était pas femme à se déclarer vaincue au premier échec. Au contraire, elle osa faire ce qu'une épouse entreprend rarement et, le soir même, elle posa un ultimatum à Volkan : ou il la répudiait, ou il se séparait d'Alev !

— Te répudier ? répliqua Volkan. Alors, tu redeviendras ce que ta mère a toujours été : la domestique d'Alev.

— Nous quitterons la ferme.

— Pour aller où ? Ton père n'a même pas une baraque pour vous abriter !

— Nous irons à la grâce de Dieu.

— Comme tu voudras, mais avant de partir, tu remettras ton fils à Alev.

— Ça, jamais !

— Tu ne voudrais tout de même pas aller mendier avec mon fils dans les bras ?

— Tu tolères bien que ton aîné me batte pour une méchante créature comme Zeynep !

— Mon fils a sur toi les mêmes droits que moi. C'est à prendre ou à laisser. N'oublie surtout pas que les Volkan n'ont pas l'habitude de faire porter le pantalon à leurs femmes.

— Je ne peux pas rester ici dans ces conditions.

— Comme tu veux, seulement, je te répète que mon fils ne quittera pas cette ferme.

Cet incident brisa la glace qui s'était épaissie entre Volkan et son fils. Le père lui était reconnaissant de l'avoir libéré de l'angoisse dans laquelle il vivait depuis de longs mois. Après cette scène miraculeuse, il avait désormais la certitude que tout était fini entre Talia et Nazim. Ce dernier était flatté, car on lui avait reconnu une autorité qui venait immédiatement après celle du maître. Ce renouveau de confiance entre le père et le fils eut, par la suite, de bénéfiques effets. Volkan et Nazim venaient de poser le pied sur une vipère qu'il fallait empêcher de mordre. La mauvaise influence de Talia devait cesser à tout prix et, pour ce faire, l'union pour la défense du foyer était nécessaire.

Talia n'avait pas oublié la correction reçue. Elle lui pesait sur le cœur, d'autant plus lourdement que Volkan n'avait rien fait pour en atténuer les conséquences. La passivité de son mari l'écrasait et la coalition familiale qui venait de se dresser contre elle, tuait les sentiments qu'elle avait éprouvés pour Nazim ; lequel, de son côté, était heureux d'en être débarrassé.

Volkan s'ingéniait à former autour d'elle un cercle qui devait la rendre inoffensive. Cette situation l'affolait, car elle contrariait pour la première fois le rêve insensé qu'elle avait juré de réaliser. Sans les sages conseils de sa mère, elle aurait déjà réalisé le coup d'éclat qui l'aurait menée en ville, où la toute-puissance de ses charmes aurait fait d'elle une habile courtisane. Or, surveillée de près par le couple Ozan qui avait flairé ses desseins, elle remettait de jour en jour sa fugue et comptait sur un moment d'inattention pour s'échapper. En attendant, les mots lui manquaient pour exprimer sa soif de vengeance.

Volkan ne se faisait pas d'illusions quant à la réaction de Talia. Il savait de quoi elle était capable, mais il n'ignorait pas non plus qu'il pouvait compter sur la complaisance d'Alev qui, pour rien au monde, n'abandonnerait la fontaine qui l'abreuvait si largement. Il se rapprocha donc sans détour de sa première femme, un peu également de sa belle-fille, et prétendit se soumettre à Nazim.

La nécessité d'un pacte contre l'étrangère remit un peu d'ordre dans la maison. Dès lors, l'affection de Volkan pour son fils se manifesta sans réserve et, à partir de ce moment-là, Nazim prit un sérieux ascendant moral sur son père. Ce dernier se vengeait innocemment en le traitant de bon à rien. Nazim n'ignorait pas que son père procédait à ce dénigrement, uniquement pour la forme. Dès lors, au lieu de s'en offusquer, le jeune homme se contentait de manifester un respect profond envers les qualités de son père. Cet échange de paroles fleuries effaça les dernières traces du conflit familial.

Durant les séjours de Nazim à la ferme, la douce Zeynep était sa fraîche et reposante oasis. À la ville, par contre, comme Nazim possédait beaucoup d'argent, il avait une certaine renommée dans un monde très spécial, au sein duquel il savourait les ardentes voluptés que Zeynep ne savait pas lui donner. De son côté, celle-ci profitait également des précieux instants de liberté que les études laissaient à son mari. Son succès au baccalauréat ne faisait aucun doute pour personne. Il l'obtint d'ailleurs fort brillamment.

Mais Talia avait depuis longtemps constaté de façon irrémédiable son impuissance à changer son mari. Elle en avait pris son parti, en femme populaire sur qui pesait une longue ascendance. Ainsi, lorsque Nazim acheva ses études secondaires, elle avait déjà trois enfants.

12

Chacun est le produit, non seulement de son époque, mais surtout de l'environnement culturel au sein duquel il vit. Comme tous les jeunes Turcs, Nazim était donc tiraillé entre deux civilisations. En la matière, heureux, peut-être, celui qui n'entend qu'un seul son de cloche et qui entre spontanément et sans réticences dans cette voie qu'on appelle une symphonie uniforme. Les jeunes musulmans élevés dans la culture occidentale ne bénéficient pas de cette quiétude de pensée, de ce déterminisme conventionnel, de cette unité d'horizon qui décuple les forces spirituelles et les font converger vers un but unique. Plongés dans l'incertitude, ils subissent l'appel de plusieurs sirènes : celles du Levant et celles de l'Occident, dont les chants singulièrement différents ont chacun leur rythme et leur douceur particulière. Ces deux appels sont aussi attirants, prometteurs et impératifs, l'un que l'autre. Lequel écouter ? Par lequel se laisser charmer ? Seuls, ceux qui ont connu cette épreuve – je pense particulièrement à ceux qui sont nés et vivent dans les pays occidentaux – savent ce que représentent les tourments de ce terrible cas de conscience. Eux seuls peuvent apprécier le courage qu'il faut déployer pour imposer à l'entendement, une péroraison que rien ne peut ébranler. C'est pour éviter ce drame intérieur que certains intellectuels musulmans se livrent à une prodigieuse gymnastique en essayant de concilier les inconciliables. Hélas ! Ils s'épuisent en de vains efforts et la hauteur de l'obstacle est telle qu'ils donnent souvent l'impression d'être hésitants, inconsistants et sans réelle conviction. En fin de compte, ils mécontentent les deux cultures, perdent confiance et se voient condamnés à fluctuer entre deux visions opposées.

Avec son esprit vif, son intelligence curieuse et son tempérament généreux, Nazim n'avait pas échappé à cette inquiétude au cours de ses deux dernières années de lycée. Tant qu'il s'agissait uniquement de sa personne, il n'hésitait pas à s'identifier à ses camarades lycéens ou à ses professeurs. Il ne s'en différenciait d'aucune manière. Par contre, le doute lui vint lorsqu'il découvrit, à l'école citoyenne et au lycée, la pensée rationnelle : celle qui désigne une connaissance méthodique et efficace du monde. Alors qu'à l'école coranique, la pensée s'articulait autour du mythe, inaccessible par nature à l'intellect, et à l'injustifiable. À ce moment, il se posa en arbitre de la réconciliation et de la recherche d'une harmonie entre les deux.

Pour cela, il suffirait d'inciter les musulmans à quitter, pour leur plus grand bien, la gangue ancestrale et, en même temps, de demander aux Occidentaux une meilleure adaptation de leur vocation civilisatrice conjuguée au pluriel.

Nazim était consciencieux de nature et, avec ses professeurs, il donnait libre cours à sa curiosité. Il devenait toujours plus hardi, mais sans jamais indisposer ceux avec qui il discutait. De plus, il était d'une franchise telle, qu'on lui pardonnait toujours la naïveté de ses élans et les mots qui dépassaient parfois sa pensée. Les cours de philosophie furent pour lui, notamment en matière de dialectique, ce qu'il recherchait.

Il sentait tout le profit qu'il pouvait tirer de l'enseignement de Monsieur Martin, un ancien professeur du lycée impérial de Galatasaray où l'enseignement se fait essentiellement en français. Il avait été détaché de France pour une durée de quatre ans, ce qui lui avait permis d'apprendre la langue turque. À la fin de son contrat, il avait décidé de rester en ce merveilleux pays et, très vite, il avait décroché un poste au lycée de Konya. Il était également passionné de poésie.

Nazim avait su attirer l'attention de ce maître. En contrepartie, Monsieur Martin trouvait en son élève une précieuse source d'informations. Nazim le captivait à plus d'un titre. Sa tendance marquée pour le modernisme, sa tournure d'esprit – où il décela d'emblée un curieux amalgame de culture orientale et de culture occidentale –, sa connaissance parfaite du coran, tout cela l'étonnait et il éprouvait un réel plaisir à éclairer ce jeune lycéen épris de justice et d'égalité.

Il corrigeait tout en douceur ses déductions hâtives, sachant qu'il avait devant lui un représentant de l'éternelle jeunesse, pleine d'illusion, ardente dans son action, mais peu instruite sur les exigences de la vie. Sa sympathie pour le jeune apôtre de la philosophie se transforma par la suite en une véritable affection. Il l'invitait souvent le dimanche, à déjeuner chez lui et, en semaine, lorsque ses occupations le lui permettaient, il l'emmenait en ville où ils faisaient de longues balades.

Ces fréquents échanges étaient aussi fructueux pour le professeur que pour l'élève assoiffé de connaissances. Ils portaient l'empreinte de la bonne foi des deux interlocuteurs, ceux-ci cherchant toujours à délimiter un terrain de partage et d'harmonie. Le maître incitait Nazim à livrer le fond de sa pensée, de façon à créer l'occasion de le ramener aux réalités tangibles.

Leurs discussions commençaient presque toujours ainsi :

— Monsieur, disait Nazim, je crains que l'ambivalence entre la pensée rationnelle et la pensée mythique ou religieuse réside dans la question du savoir. Est-il possible de soutenir que la philosophie ne s'est pas construite contre la représentation mythique du monde, mais qu'elle est née, au contraire, d'une transformation du mythe, ce qui a contribué à fonder une construction mentale de la pensée, c'est-à-dire le savoir ?

— Il faut faire la distinction entre imagination et raison, lui répondait Monsieur Martin. Ce que je perçois, ce qui est le fruit d'un raisonnement, ce sont les objets réels. Au contraire, à cause des mythes qui se forment dans nos esprits, il arrive que les images soient sans rapport avec le monde visible. Pourtant, le mythe n'est pas une connaissance objective du réel.

Un autre sujet de discussion concernait les différentes classes sociales en Turquie :

— Les différentes classes auxquelles vous avez fait référence lors de votre dernier cours sont-elles finalement l'héritage naturel de chaque société ? questionna Nazim.

— Je pense que ce raisonnement provoque un déséquilibre apparent. La logique veut que l'on mène de front deux combats : améliorer la répartition des richesses afin d'assurer un équilibre, d'une part ; empêcher une dégradation de l'environnement, d'autre part. J'ai peur que la légèreté avec laquelle tu envisages le côté intellectuel et moral de ces combats ne découle d'un accord tacite entre les différentes catégories de la société, ce qui sous-entend qu'elles doivent rester chacune indéfiniment dans leur milieu.

— C'est exact, mais ce déséquilibre, si déséquilibre il y a, n'est pas imputable aux riches. On ne peut logiquement refuser aux riches les fruits qu'ils ont créés par leur travail, tout comme on ne saurait les blâmer de vouloir conserver leur prépondérance et soigner leurs intérêts personnels. Il n'est pas non plus question de reprocher aux pauvres de vouloir se battre pacifiquement. C'est là une des formes de l'antagonisme de cette situation qui perdurera jusqu'au jour où une égalité économique s'établira.

— Mais, mon cher Nazim, comment une égalité économique pourrait-elle s'établir si les pauvres croupissent de plus en plus dans une routine de survie ? Ils s'appauvrissent de plus en plus et s'abandonnent à un destin qui les prive de tout esprit d'initiative et de toute velléité de redressement… À moins qu'on les débarrasse de toute l'oppression de ces inégalités palpables. Beaucoup d'entre eux se sentent d'ores et déjà condamnés à disparaître, du fait de leur inaptitude à soutenir un système terriblement injuste. Ils finiront par se rebeller !

— Pourtant, leur avenir est tout entier lié à leur redressement économique. Tant qu'ils ne s'enrichiront pas pour maintenir leur vitalité et pour offrir de l'instruction à leurs enfants comme l'a fait mon père, ils resteront dans leur situation subalterne, n'en doutez pas. Le malheur, c'est qu'ils ne semblent pas prendre la voie de sortie, celle qui les libérera de ce sentiment de résignation. Au lieu de modifier leurs méthodes de culture ou de revendications, au lieu de se lancer résolument dans les affaires, ils s'embarquent sur un périlleux radeau, celui de la politique progressiste, sans être en mesure de discerner la valeur des idéologies qu'on leur présente. Du reste, la grande Révolution française, qui a pourtant touché l'Europe entière, n'a fait que transposer le vieux système de la propriété privée en la faisant passer des mains de la noblesse et du clergé à celle de la bourgeoisie. On nous a appris qu'en Europe, au début du 20e siècle, la propriété privée s'est profondément transformée par le développement et la concentration industrielle et agricole. Les profits colossaux réalisés à cette époque ont créé une féodalité nouvelle, celle des grandes familles industrielles ou commerçantes qui se sont transmis leur fortune comme de véritables fiefs. L'homme revient toujours à ses premiers instincts de possession.

— Comment voulez-vous qu'ils changent leur condition ? Alors qu'ils n'ont déjà rien, ils se heurtent à un tas de difficultés d'ordre matériel. Pour régénérer un peuple, il faut une vision qui permette à tout citoyen de se projeter à la fois individuellement et collectivement, loin du discours d'élitisme. D'ailleurs, comme l'expliquait l'historien Ibn Khaldoun : *une nation s'affaiblit lorsque s'altère et se corrompt le sentiment religieux.* Je conclurai par une citation d'Aristote : *L'homme est un être sociable ; la nature l'a fait pour vivre avec ses semblables.* Je reste convaincu que l'universalité, le sens ascendant de l'Histoire, le foisonnement harmonieux des cultures, la convergence des valeurs et l'égale dignité des humains représentent le sentier vers une destinée altruiste.

— Sur le terrain religieux, Monsieur Martin, vous nous avez présenté des philosophes du 18e siècle, tels que Rousseau, Voltaire ou encore Montesquieu, qui préparèrent la Révolution française, laquelle aboutira à la séparation de la sphère politique du religieux. Mais quel regard porte la philosophie sur la religion ?

— La philosophie ne nie pas le rôle bienfaisant des religions à travers les siècles. On ne peut pas leur enlever le mérite d'avoir essayé d'améliorer la nature humaine et instauré des règles de justice et de la bonté. Elles sont un excellent moyen d'éducation, mais, comme en toute chose, quelques-uns de leurs penseurs spirituels sont restés des hommes égoïstes, cultivant à outrance la haine et le danger de ceux qui ne partagent pas les mêmes croyances. On appelle cela le cléricalisme inepte. Lorsqu'on examine les comportements des hommes qui prétendent travailler pour Dieu, c'est à se demander s'ils sont réellement charitables. On a le sentiment parfois que les êtres pieux sont obnubilés par leurs intérêts personnels, toujours occupés à quantifier leurs bonnes actions.

— Quelle est, d'après vous, maître, la pensée philosophique sur la planète Terre ? Nous n'avons pas eu l'occasion d'aborder la question en classe. Y a-t-il, selon vous, une philosophie de la nature ?

— Le propre de l'homme est d'accroître son espèce, comme le font d'ailleurs toutes les autres espèces vivantes. Le paradoxe principal est que l'homme a besoin de son environnement pour vivre. En recherchant à tout prix, le bien-être, l'homme met en danger sa survie. Une pensée alternative à celles qui existent est donc nécessaire. L'anthropocentrisme est une des causes de la destruction de la nature. En plaçant l'homme au-dessus de tout, il fait de la nature une ressource uniquement destinée à servir l'homme. L'homme se croit supérieur, c'est pourquoi son bien-être passe avant tout le reste, même avant les autres espèces animales ou végétales. Cette croyance nous a été inculquée par notre histoire et elle est enracinée en chacun de nous. Il est vrai que l'homme dispose de quelque chose de plus que les animaux ou les végétaux, mais ce n'est pas une raison pour les considérer comme inférieurs. Cette supériorité supposée devrait nous servir à éviter la destruction de la nature. Au contraire, elle n'empêche pas l'homme de détruire ce grâce à quoi il vit… Elle accélère même cette destruction. En fait, l'homme répond avant tout aux instincts communs à tous les êtres vivants : la survie et le développement de l'espèce, la défense du territoire. Les passions représentent des moteurs pour les actions, la raison seule ne peut rien. Seule la peur de disparaître pourra permettre à l'humanité de se préoccuper réellement de la destruction de la nature et de mettre sa raison au service de l'environnement.

13

L'Orient ! L'Occident ! Deux mondes qui s'opposent depuis des siècles et qui ne sont pas près de mettre un terme à leur controverse. Autrefois le maître, l'Orient est aujourd'hui décadent. L'Occident, pour sa part, a prétendu être le symbole de la civilisation. Selon certains, il aurait même reçu du créateur la noble mission de guider les peuples de la terre dans la voie du progrès, en vue de réaliser l'entente universelle dans la liberté et la fraternité. Beaucoup d'Occidentaux croient en cette version et l'Orient fait la sourde oreille sans se départir de son attitude placide apparente. Ce que l'on croit être une discorde n'aura qu'un temps, car il ne peut rester indifférent, dit-on, aux bienfaits de la civilisation occidentale. Cependant, cet Orient que l'on compare à un océan figé dans les glaces de l'indifférence et du fatalisme se satisfait dans son originalité, repoussant avec magnificence l'éclat de la civilisation contemporaine.

A-t-on cherché à connaître les raisons de cette apparente léthargie ? A-t-on essayé de pénétrer l'âme orientale ? À en apprécier la valeur ? À considérer son dynamisme particulier ? Pas le moins du monde ! Tout au plus, quelques poètes ont accepté de lui accorder à travers les visions des contes des mille et une nuits, une attention purement sentimentale. Ces poètes, ces amants des beaux couchers de soleil sur le Bosphore négligeaient sa personnalité, sa philosophie et ses traditions, pour ne considérer que les charmantes fictions des Aziyadé ou la douceur des jardins suspendus de Babylone à l'ombre desquels leur imagination enfantait des mirages.

De quelle manière l'Islam est-il présenté ? Comme une mosaïque de peuples sans envergure, sans consistance, sans aspirations élevées. Son histoire, son rôle civilisateur dans le passé, sa puissance spirituelle ne représentent pour certains que des bâtis vulnérables, des conceptions périmées. L'Islam doit s'incliner, affirme-t-on, devant la science moderne, tout incluse dans la civilisation occidentale. Sinon, il doit s'adapter en un temps record aux méthodes du monde occidental, reniant ainsi son essence la plus sacrée, son histoire, son passé glorieux. Ou alors, il doit accepter la dure nécessité de continuer à être considéré comme le refuge des forces conservatrices, comme un dangereux obstacle à la paix du monde.

Comme tout cela est superficiel ! L'Islam n'est disposé à aucune abdication, encore moins à se prêter à un brusque modelage, en réponse à des directives qui lui sont complètement étrangères. Ceux qui prétendent pouvoir le plier et l'assouplir, ceux qui négligent sa puissante influence spirituelle, travaillent à éloigner le rapprochement des deux mondes. Ils assumeront ainsi la responsabilité des conséquences de leur néfaste méprise.

À travers ses lectures de plus en plus axées sur l'Orient, Nazim décelait ce conflit, cette lutte sourde. Il en constatait les effets autour de lui, en Turquie, où l'influence de la culture européenne est pourtant incontestable. Il remarquait aussi avec étonnement que les jeunes, même ceux éduqués auprès de la *madrasa* de Yakutiyé, dans la ville d'Erzurum, étaient plus sensibles aux échos de Paris, de Londres ou de Berlin. L'attirance de l'Orient se manifestait par l'apparition abondante de journaux et de revues sur l'art, la poésie, la science et la religion, tels que le journal *Écho d'Orient*. La revue religieuse *Djéridé-i Dévrie* (le Recueil universel), en particulier, exerçait comme partout ailleurs une influence considérable.

Nazim était en mesure de saisir toutes les nuances des textes de la revue, principalement des écrits sur les mouvements intellectuels du monde entier et de la pensée islamique. La revue était très ouverte aux idées modernes, mais affichait une intransigeance farouche pour tout ce qui touchait à l'intégrité de la doctrine musulmane. Au début, ceci le dérouta quelque peu. D'autant plus que, depuis sa sortie du lycée, il éprouvait de sérieuses difficultés avec ses anciens camarades de l'école coranique qui ne répondaient plus à ses sollicitations. Il était pourtant si bien intentionné à leur égard ! Il désirait tant leur être utile, mettre à leur disposition des facultés dont il pressentait la valeur. Hélas ! Malgré tous ses efforts, il ne parvenait pas à franchir l'obstacle dressé entre lui et son milieu. Il n'arrivait pas à briser la glace qui le séparait de ce milieu et ne parvenait plus à pénétrer dans l'intimité de ceux pour lesquels il voulait se dévouer dans la ferveur de sa vive opinion.

Il était pourtant décidé à entrer dans l'arène, à travailler au rapprochement des deux pensées, à servir de trait d'union, conscient qu'il était de la grandeur d'un pareil rôle dans un pays où la capitale Istanbul est la seule ville au monde à se trouver à cheval sur deux continents. Les rives européennes (occidentale) et asiatiques (orientale) d'Istanbul sont séparées par le détroit du Bosphore. Autant il se sentait compris, du moins en apparence, dans son action auprès des réformistes, autant ses tentatives restaient sans suite auprès des conservateurs. Il concluait un peu hâtivement que ces derniers étaient les victimes volontaires d'une indifférence séculaire qui les avait transformés peu à peu en êtres inconscients.

« Pourtant, se disait-il, l'avenir des nôtres est dans une alternative complète des méthodes du savoir-faire de l'Occident, dans l'évolution rationnelle vers le modernisme, dans l'observation sincère des principes que les Européens enseignent dans leurs écoles. Les conservateurs n'ignorent cependant pas que leur religion n'est pas en cause, et que le dogme islamique nécessitera indéniablement une mutation. »

Comme toutes les fois où il était embarrassé, il courut chez le juge, son confident, son père spirituel, celui qui savait dissiper ses inquiétudes. Devant son air soucieux, le magistrat lui dit :

— Nous nous perdons une nouvelle fois dans le labyrinthe des contradictions. Attends, mon bonhomme, je vais prendre ta confession dans un autre endroit, là où nous aurons l'avantage de ne pas importuner des oreilles chatouilleuses.

Dès qu'ils furent seuls, le juge reprit :

— Raconte-moi tes peines. Je parie qu'il s'agit encore d'un accrochage à propos de théories ?

— Plus que ça, Monsieur le Juge. Vous me voyez désorienté. Je doute des choses qui me tiennent le plus à cœur.

— Du pessimisme chez un jeune disciple ? Chez l'un de nos plus brillants espoirs ?

— Ménagez-moi, Monsieur ! Tâchez plutôt de m'éclairer sur les conjectures dans lesquelles je me perds.

— Qu'y a-t-il donc de si grave ?

— Vous connaissez mes dispositions ? Vous êtes au courant de mes projets ? Dès lors, comme je suis à l'abri des soucis financiers, je voudrais servir mon pays en me consacrant au rapprochement des doctrines appelées communément « le vivre-ensemble ». Or, je constate avec peine que les conservateurs ne me prennent pas au sérieux, qu'ils accueillent mes appels avec un sourire sceptique, quand il n'est pas agressif. Pourquoi ça ?

— Rien de plus normal, fiston. Tu es considéré comme un suspect par cette assemblée de conservateurs qui discernent une différence marquée entre vous, produits de l'école citoyenne, et elle, formée à l'école coranique. Votre habillement, vos comportements dans la vie de tous les jours, votre langage et surtout votre attitude d'esprit, tout leur porte à croire que vous n'êtes plus du même bord, que vous avez sauté de l'autre côté de la barrière. Vous avez franchi les limites du particularisme musulman, vous n'êtes plus de la famille, vous êtes même devenus des adversaires, puisque vous trahissez l'Islam et que vous cherchez à rallier d'autres personnes à votre cause.

— Mais ce n'est pas du tout notre intention ! Nous restons profondément musulmans ; notre réflexion se circonscrit aux domaines scientifique, philosophique, économique, culturel et social.

— Si j'étais à la place de ces gens-là, je vous répondrais d'abord, à toi et à tes semblables, par la citation de Jean Racine : « La foi qui n'agit pas, est-ce une foi sincère ? » Ensuite, je vous confondrais en vous démontrant que dans l'Islam, essayer de séparer son aspect rentable de ce qui concerne le dogme proprement dit, constitue une véritable rupture, que la religion forme un tout indivisible. Mais mon opinion ne compte pas, puisque toute ma sympathie vous est acquise. Les intransigeants disent que, du seul fait que vous prêchez les méthodes d'Occident, vous devenez suspects pour l'Islam, qui lui, veut rester essentiellement oriental pour garder les délimitations anciennes. Ils puisent leur source dans l'Islam rigoriste d'Ibn Taymiyya, un penseur du XIIIe siècle. Ses partisans rejettent tout effort d'interprétation du Coran, ne croient pas aux vertus de la pluralité et considèrent toutes les autres cultures ou civilisations comme impies. La morale et la pratique religieuse les obsèdent, au point de vouer à l'enfer tous les « mécréants » qui ne souscrivent pas à leur vision du monde.

— C'est insensé ! Il faudrait pouvoir faire comprendre à nos camarades la nécessité d'apporter des réformes profondes dans la pensée comme dans la structure séculière de la société islamique.

— Des réformes ? Mais vous arrivez en retard, mon petit ! Il y a longtemps que des musulmans réclament des réformes profondes, dans le sens d'une modernisation de la pensée ancestrale. Je pense aux savants Ibn Rushd (Averroès), Jamal Eddin Al Afghani, Abduh Muhammad et IbnKhaldoun.

— Ce que vous me dites, est-il bien vrai ? Y a-t-il réellement des musulmans qui désirent la renaissance du véritable islam, au point de souscrire, par exemple, à une application intégrale en pays musulmans, des principes du raisonnement avant-gardiste ?

— Mon petit, leurs idées ont pour dessein de secouer vigoureusement la torpeur du monde islamique. Ils lui reprochent assez vertement son indifférence, son apathie, son manque d'esprit d'initiative et d'entreprise, et enfin la décadence dans laquelle il se morfond du fait de sa longue stagnation. Ils incitent à répudier cette vieille attitude et à foncer résolument vers l'avant, comme le font les peuples dits « évolués ».

— Mais c'est merveilleux ! Ma tâche s'en trouve simplifiée. Il me reste à offrir mes services aux dirigeants de ce mouvement bienfaisant et à œuvrer au son sein !

— Oui, mais il y a un problème…

— Lequel ?

— Ces personnes sont toutes décédées.

— Comment ça ?

— Il s'agissait de penseurs qui avaient pour credo : s'instruire, produire, inventer, acquérir la science sous toutes ses formes, opérer les réformes utiles et s'élever au niveau des peuples avancés. Tu sais, depuis l'origine du monde, les hommes se sont toujours affirmés et ils ont toujours grandi au contact les uns des autres. Les premiers musulmans avaient consciencieusement fouillé l'antiquité gréco-latine pour édifier leur brillante civilisation. On ne voit pas pourquoi, aujourd'hui, ils refuseraient systématiquement de profiter de l'avance obtenue par l'Occident. Il y a là un fanatisme que ni toi ni moi ne pouvons accepter.

— Les promoteurs réformistes de la pensée islamique, étaient-ils de grandes intelligences ?

— Averroès (Ibn Rushd) était un penseur rebelle, la véritable incarnation, depuis des siècles, du combat des Lumières contre le fanatisme religieux, qu'il soit chrétien ou musulman. Il a inventé une doctrine de la double vérité : une vérité de la foi pour le vulgaire et une vérité de la raison – vérité qui pourrait lui être distincte, voire opposée – pour le philosophe. Cet homme était à la fois un promoteur de l'esprit scientifique dans la civilisation islamique et l'un des fondateurs de la pensée laïque en Europe de l'Ouest.

— Qui d'autre ?

— Ibn Khaldoun était historien, sociologue et philosophe. Il est considéré comme un précurseur de la sociologie moderne. Son œuvre constitue l'un des ouvrages les plus substantiels et les plus intéressants qu'ait produits l'esprit humain. Il a écrit « la culture est le but de la civilisation » et « L'homme seul ne peut subvenir à ses besoins. Il est donc fait pour vivre en société. » Je citerai un autre personnage : Djamal Eddine El Afghani, le père du réformisme. Malgré ses tendances révolutionnaires, c'était un grand penseur, un écrivain de talent et un virtuose de l'action intelligente. Ce réformateur s'est efforcé de concilier les principes coraniques avec le monde moderne.

— C'est intéressant…

— Son élève, Abduh Muhammad, était plus modéré. Il s'est imprégné des méthodes d'évolution démocratique de l'Europe, mais c'était un soufiste particulièrement attaché à la mystique de l'Islam. Il eut surtout le grand mérite d'avoir présenté sainement les relations entre l'Islam et l'Europe.

— La Turquie n'a donc pas été informée de ce mouvement de régénération de l'Islam ?

— Nous avons constaté un éveil, mais le mouvement des jeunes Turcs reste très poltron à l'égard de la gouvernance actuelle, car l'administration soutient les conservateurs et les encourage indirectement à neutraliser les agissements de ces réformistes.

— Il est vraiment difficile d'accepter tout cela. En la circonstance, chacun cherche à asseoir sa prépondérance et le conflit devient plus aigu.

— Évidemment ! Par conséquent, tous ceux qui vont au fond des choses dans leur raisonnement, comme nous le faisons tous les deux, redoutent les suites que pourrait engendrer la lutte obscure qui, une fois de plus, met aux prises l'Orient et l'Occident… Occident qui dispose pourtant d'une belle avance sur le premier.

— Je comprends, maintenant, votre réserve à l'égard des conservateurs et le peu de crédit que j'ai auprès d'eux malgré ma bonne volonté et mon désir de leur être utile !

— Tu en verras d'autres, jeune homme ! Je n'ai pas jugé utile de te freiner dans tes élans, j'ai préféré te laisser face aux réalités, sachant qu'un jour ou l'autre, tu viendrais me raconter tes étonnements. Rien ne vaut les leçons de l'expérience. C'est cette expérience qui m'oblige à agir avec beaucoup de prudence.

— Il serait peut-être sage de les désillusionner, de les mettre en garde sur ce paradoxe qui consiste à vouloir se rénover en se tournant vers un passé vieux de quatorze siècles. Ils ne peuvent continuer à cultiver l'utopie, alors que leur avenir est en jeu.

— Je ne te conseille pas d'entreprendre cette tâche. Autant se battre contre des moulins à vent. D'abord, les conservateurs sont convaincus de leur supériorité morale. Ensuite, de l'excellence de leur foi. Ils ne permettront jamais qu'on émette le moindre doute sur l'efficacité de leurs doctrines.

— En fait, c'est une cage aux barreaux dorés.

— Oui, lorsqu'on tient à sa tranquillité. Mais je ne veux pas éteindre la flamme qui semble te dévorer. Essaie d'entreprendre quelque chose. Tu es jeune, tu es libre, tu es instruit, tu peux réussir, mais garde-toi de trop sacrifier aux illusions, car la tâche sera délicate et l'aventure difficile. Il faut avoir l'esprit et le cœur d'un résistant pour s'attaquer à une telle forteresse, surtout lorsqu'on est à peu près certain de retourner à son avantage un processus négatif. N'oublie pas que ceux auxquels tu t'adresses sont butés et qu'ils rejetteront impitoyablement tout ce qui ne porte pas l'empreinte de l'Islam.

— Je respecte l'Islam autant que ceux dont vous me parlez !

— Je le sais, mais tu tiens un langage foncièrement rationnel qui ne fait pas référence en permanence au passé.

— Je prétends cependant connaître les prescriptions de la religion.

— Oui. Je pense même que vous devriez suivre des études plus poussées en Europe afin d'acquérir encore plus d'érudition.

— À votre avis, où pourrais-je me rendre ? Et pensez-vous que mon père accepterait ?

— Ton père, j'en fais mon affaire, nous nous entendons bien maintenant. Tu pourrais te rendre à Paris, à Genève ou à l'université Al-Quaraouiyine de Fès, au Maroc. On la considère comme la plus ancienne université du monde encore en activité et elle présente d'énormes avantages. En effet, elle a formé les grands précurseurs du soufisme, mais également les grands philosophes Avenpace et Averroès, le géographe Al Idrissi, ainsi que Maïmonide et Ibn Khaldoun, pour ne citer que ceux-là. C'est l'occasion ou jamais de mettre en pratique la langue arabe, la langue du Prophète et des poètes, que tu as apprise à l'école coranique, mais sache que le tamazight – le berbère – est la langue la plus ancienne du royaume, mais également d'Afrique du Nord.

— Vous dites que la langue arabe est aussi celle des poètes ?

— Oui. La langue des poètes tels IbnSina, dit Avicenne, El Djahed, Al-Moutanabbi, IbnArabî, Abû Nuwâs, mais aussi Aboul Ala al-Ma'arri, qui disait *il y a deux sortes de gens sur la Terre : ceux qui ont la raison sans religion, et ceux qui ont la religion et manquent de raison.*

— Quelle est réellement la vérité véhiculée par les poètes ?

— Quelles sont les vérités véhiculées par les troubadours ? Tout simplement que l'existence, le néant, le supplice, le malheur, la passion, l'exacerbation, la mélancolie, la trahison, la loyauté, l'exil, le secret, l'énigme, le destin, la réussite, la délivrance existent… Le poète en témoigne. La poésie est une révélation du réel.

— Alors, c'est décidé : j'irai à Fès et je rapporterai le diplôme d'Al Quaraouiyine.

Inch'Allah ! Mon fils.

14

Après son entretien avec le juge, Nazim avait une idée plus réelle des difficultés qu'il aurait à vaincre au cours de la période de trois ans qu'il s'apprêtait à passer dans un pays étranger. L'une des observations de son grand ami l'inquiétait tout particulièrement : pourrait-il oublier, du moins momentanément, la culture turque dont il était imprégné, de manière à évoluer à son aise au sein d'un milieu essentiellement musulman et farouchement traditionaliste ? Arriverait-il à « s'arabiser » complètement ? À passer inaperçu dans la foule des étudiants ? Le manque d'adaptation risquait de créer une situation qu'il ne parviendrait peut-être pas à supporter.

Une autre question retenait son attention : il allait s'absenter pendant trois ans. Or, il ne savait pas si l'université de Fès accordait de longues vacances. De toute façon, il ne pourrait pas revenir à Kayaköy aussi souvent que lorsqu'il était au lycée. Avait-il le droit de confiner sa jeune femme, pendant que lui ne se refuserait probablement rien à Fès ? Comment Zeynep considérerait-elle cet abandon, surtout qu'elle n'ignorait pas ses habitudes dans le domaine du plaisir ? Elle ne protesterait pas ouvertement – sa dignité le lui défendrait – mais que penserait-elle de lui et quel serait son état d'âme durant son absence ? S'il pouvait l'emmener, l'installer convenablement à Fès, le mal ne serait pas si grand… Mais parler de cela à son père équivaudrait à une déclaration de guerre et à une reprise des hostilités. De plus, Monsieur Yilmaz, le père de Zeynep, tellement sensible sur les questions d'honneur, se considérerait offensé de la manière la plus grave. Chez les musulmans, si l'on touche à la femme, on provoque toujours une petite révolution difficile à éteindre. Au risque de commettre une erreur impardonnable, il devait donc se résigner à se séparer de sa femme. Talia, qui n'avait pas désarmé, profiterait sans doute de son absence pour reprendre ses odieuses brimades et ses immondes calomnies. En fin de compte, le manque de quiétude pourrait nuire à ses études.

« Je ne peux pas échapper à mon sort, se disait-il. Je continuerai à supporter pendant quelque temps les conséquences de la première abdication. Je n'aurais jamais dû accepter ce mariage prématuré que je traîne comme un lourd boulet. Zeynep est douce, trop douce même, mais ce n'est pas une compagne pour moi. Ce n'est pas l'épouse dont j'ai rêvé. Elle ne me comprend pas et seul, l'acte charnel nous unit. Comme je comprends le désarroi des jeunes Turcs évolués qui refusent des unions aussi décevantes et qui attendent indéfiniment l'objet de leurs désirs ! Pourtant, cette attente souvent interminable n'est pas une solution en soi. Avec les tendances actuelles de nos conservateurs, ils risquent de voir s'écouler les années et d'arriver au bout de leur existence avec le sentiment d'avoir gâché leur vie. Ils évitent les inconvénients d'une situation pénible, mais ce n'est pas un but en soi. »

Il poursuivait sa réflexion en ces termes :

« Plus j'examine de près cette situation, plus je m'aperçois de la nécessité de changements fondamentaux qui mettraient à bas l'édifice archaïque de nos mœurs et de nos traditions dans ce qu'elles ont d'arbitraire et d'illogique. Nos ancêtres étaient des hommes d'un autre temps. Pourquoi faudrait-il continuer d'appliquer ce qu'ils faisaient ? Le premier effort doit porter sur l'amélioration du sort de la femme musulmane. Tant que celle-ci sera considérée comme inférieure à l'homme, comme un objet et non comme une personne consciente de sa valeur, notre évolution ne saurait devenir réalité. Tout cela fortifie ma décision d'aller à Fès, d'y travailler fermement et de revenir avec des armes nouvelles qui me permettront d'attaquer efficacement l'édifice d'obligations intolérables qui maintient la société musulmane dans les cadres rigides d'une intolérance qui, hélas ! N'est pas uniquement le fruit de notre décadence. »

Nazim et ceux qui pensaient comme lui attribuaient leur malheur à l'opposition qui se dressait contre l'instruction des femmes musulmanes, de manière à ce qu'elles restent enfermées dans la tradition. Pourquoi continuer de vivre sur de vieilles idées, de vieilles cultures patriarcales qui se retrouvent dans d'autres religions et dans la majeure partie des sociétés ? Rien ne justifiait cet ostracisme. Au contraire, Nazim ressentait la nécessité d'apprendre simplement à vivre ensemble en se respectant, en s'aimant, en progressant mutuellement, conjointement et individuellement. La femme et l'homme partagent la même humanité et, par conséquent, ont la même dignité et doivent disposer des mêmes droits.

Dans toute évolution ou révolution, les mots importent peu. Certaines générations doivent donc s'offrir en sacrifice à cet esprit d'automatisme susceptible d'engendrer des réactions destructrices. Il est évidemment frustrant de se trouver parmi les œufs destinés à la préparation d'une prodigieuse omelette, mais l'intérêt de cette cause mérite bien une contribution. Il faut savoir se consoler de ses propres désillusions à travers le bonheur des générations futures, pour lesquelles le temps apporte un acquis non négligeable. Ce temps a déjà commencé son œuvre et, malgré l'inertie provoquée ou voulue des gens, la cause de la femme musulmane triomphera. Il y aura, et pendant longtemps encore, des réactions malicieusement tramées, des tentatives généreuses qui échoueront, mais l'intérêt, à défaut de la raison, finira par imposer une solution juste.

La femme musulmane entrera à son tour en lice pour exiger ses droits. Plus elle découvrira son émancipation, plus sa personnalité s'affirmera, plus elle deviendra consciente de ses prérogatives et de sa dignité. Cette nouvelle situation de la femme aidera, sans aucun doute, à l'amélioration et à l'humanisation du dogme. De plus, la culture en général aidera puissamment à l'œuvre d'émancipation entreprise par l'école citoyenne.

Bien que franchement soutenue par les gens évolués, l'émancipation de la femme musulmane ne s'accomplira que par son action propre, par l'initiative qu'elle prendra pour briser la contrainte ancestrale et patriarcale. Pour l'instant, ses audaces sont freinées par les farouches geôliers du foyer et la femme sait intuitivement qu'elle ne peut pas compter sur l'élément masculin en vue de son ascension. Il n'est pas impossible, non plus, que le mouvement féministe dans le monde gagne un jour les pays musulmans. Le souhait actuel de la femme musulmane peut devenir une ardente revendication, mais il ne s'agit que d'une simple probabilité, car rien n'indique encore que les femmes turques prendront un jour la direction d'un mouvement qui les libérera de leur infériorité sociale.

Naturellement, ces considérations délicates échappaient à Nazim. Étant donné son inexpérience, il accusait volontiers les personnes évoluées d'être frappées d'apathie, de manque de courage ou de s'abandonner au laisser-aller sur un terrain aussi sérieux. Dans son esprit, montrer quelques exemples d'indépendance à l'égard de ces grands pontifes uniquement occupés à la contemplation de leurs vieilles lunes, déterminerait sans aucun doute le mouvement qu'il jugeait inéluctable et sur le point d'exercer une salutaire pression. Comme toujours, il se sentait mûr pour cette action en faveur de celles désignées par Averroès. En effet, celui-ci déplorait les discriminations à l'égard des femmes, ainsi que leurs effets négatifs pour la société et l'économie. Il affirmait au contraire l'égalité fondamentale et naturelle entre les sexes. Il pensait effectivement que les femmes pouvaient occuper toutes les fonctions, y compris celles que certaines législations réservaient aux hommes, par exemple, la direction des affaires politiques et religieuses. La magie des mots, naïveté de la jeunesse ! Cette affirmation d'Averroès le projetait loin dans l'avenir. Pourquoi les femmes turques ne jouiraient-elles pas d'une totale liberté et ne profiteraient-elles pas des mêmes conditions de bien-être matériel et intellectuel ? Au fond, la situation de la femme occidentale était comparable à celle des femmes musulmanes actuelles. Comme les premières s'étaient affranchies grâce à l'éducation, rien ne s'opposait, d'après lui, à une modification parallèle chez les secondes. Il suffirait d'y travailler consciencieusement et courageusement.

Hélas ! il ne pouvait pas faire de Zeynep une femme évoluée. Tout lui manquait. Il n'arriverait pas à en faire un être différent de ce qu'elle était, et ce, malgré toute la bonne volonté qu'elle mettait à satisfaire ses désirs. Que pouvait-il contre les intraitables Volkan et Yilmaz qui veillaient jalousement au respect des traditions ? Non, la pauvre Zeynep n'était pas de celles qui pourraient figurer dans la « cité nouvelle » de la femme musulmane. Elle ignorait heureusement son malheur. Elle était satisfaite et semblait n'avoir aucune ambition.

« Je souffre, se disait-il, car je sens que je vais être injuste. Je vais faire du mal à un être précieux, pur et innocent. Pourtant, marié comme je le suis et soumis plus que quiconque dans ma vie privée aux exigences du "monde musulman" qui empêche l'émancipation de la femme turque, il m'est difficile d'agir autrement. Cette absence de trois ans est un motif suffisant pour une séparation définitive et, si ce motif ne vaut rien, j'en trouverai un autre plus tard. »

Il s'était déjà entretenu avec son père à propos de son projet de se rendre à Fès. Hostile d'abord à cette nouvelle séparation, Volkan finit par y consentir. Il reprocha toutefois à son fils d'user de ses moyens ensorceleurs pour lui imposer des volontés contraires à la raison et à la tranquillité de la famille. Mais lorsqu'il l'entendit parler du renvoi de Zeynep, il se révolta, refusa et menaça de le déshériter s'il persistait dans son intention.

Nazim avait prévu cette réaction. Il ne souffla mot et se garda de déroger en quoi que ce soit à ses habitudes. Il crut alors l'orage passé, mais sa mère lui reprocha à son tour d'avoir pensé à détruire le bonheur « apporté » par la douce Zeynep.

— Tu n'as donc pas de cœur ? Tu oserais te séparer de celle qui t'aime tant ? Pour qui tu es un dieu et qui t'est soumise plus que de raison ? As-tu pensé au cruel chagrin que tu nous ferais ? Tiens-tu à ce que Talia reprenne ses petites manigances et nous conduise au désastre et au déshonneur ?

— Rassure-toi, maman, les choses passées ne se répéteront pas et ton fils a trop de bon sens pour oublier.

— Mais alors, que t'a fait Zeynep ?

— Rien. C'est la meilleure des épouses de votre point de vue, mon père et toi.

— Qu'est-ce que ça veut dire ?

— Inutile de poursuivre cet entretien, mère. Nous ne nous comprendrons jamais à ce sujet.

— Si ! Je comprends que tu veux me priver d'une fille belle et parfaite, et ensuite me jeter dans une aventure semblable à celle de Talia. Suis-je donc maudite pour être constamment soumise à de si rudes épreuves ?

— N'aie pas peur, aucun souci ne te viendra de mon côté.

— Enfant sans cœur ! Peux-tu m'en infliger un plus grand en essayant de me séparer de la douce Zeynep ?

— Console-toi, tu auras bientôt deux autres douces Zeynep, en la personne des femmes de mes frères.

— Tu es cruel ! Tu n'es plus mon fils ! On t'a changé, on t'a abîmé. S'il te plaît, enlève-moi ce souci et jure-moi que tu ne reparleras plus du renvoi de Zeynep.

— J'ai pitié de Zeynep et de toi aussi. Je te souhaite beaucoup de courage et je formule mes meilleurs vœux de bonheur pour Zeynep. Qu'elle ait toutes les joies qu'elle mérite, mais loin d'ici. Je lui garderai toujours mon affection, je la reverrai toujours avec plaisir et j'ai de la peine à m'en séparer, mais il le faut.

— Fils du malheur ! répliqua Alev en se réfugiant dans sa chambre pour donner libre cours à sa douleur.

Quelques jours plus tard, Volkan, sombre et inquiet, revit son fils à propos de Zeynep. Il insinua que, logiquement, en tant que père – et quel père ! – il avait droit à un peu plus de reconnaissance. Puis, il affirma que si Nazim se montrait ingrat à ce point, il subirait les foudres de l'opinion publique et de Dieu.

— Il ne s'agit pas de ce que tu crois, père. Aujourd'hui, je vais te dire ce qu'il en est : mon mariage n'est pas béni, puisque je n'ai pas d'enfants !

— Si ça ne tient qu'à cela, dit alors le père en devenant plus conciliant, je te trouverai une, deux ou trois femmes si tu le désires, à condition que Zeynep, qui a apporté la paix chez moi, ne quitte pas ma famille. Parle et tu seras servi. J'accepte d'avance ton choix. Qu'elle soit kurde, arménienne ou juive, elle sera la bienvenue. J'attends, moi aussi avec impatience, le moment d'être grand-père.

— Ce n'est pas possible père. Je ne serai jamais polygame. La leçon tirée de ta propre expérience m'a suffi.

— Ainsi, tu ne veux pas me laisser mourir tranquillement ? Oh ! Douleur ! Je reçois des reproches de mon fils pour un acte recommandé par Dieu et prescrit par notre Prophète. Éloigne-toi de mes yeux, nous n'avons plus rien à nous dire.

— Pardon, père. Je ne voulais pas te blesser. Tu fais comme tes ancêtres et comme le font aussi les mormons. De même, en Afrique, la polygamie est pratiquée chez des musulmans, mais aussi chez des animistes. Par contre, l'éducation que j'ai reçue ne me permet pas de te suivre, voilà tout.

— Me voilà puni de ce que je n'ai pas voulu. Ah ! tu ne veux plus faire comme moi ? Suis donc les recommandations du diable ! Tu en as d'ailleurs le machiavélisme et l'insolence.

Zeynep n'avait pas été informée de ces tractations qui devaient détruire son bonheur. Elle remarqua toutefois un changement radical dans l'attitude de Nazim à son égard. Dans un premier temps, elle n'y prêta pas grande attention, puis elle imagina une attirance du jeune homme pour une fille de Kayaköy. Elle réagit finalement devant ses premiers signes d'indifférence et de mépris, et exigea des explications d'Alev. Celle-ci, la mort dans l'âme, lui apprit la dure vérité.

— Je le pressentais, répondit-elle froidement. Ton fils est trop bien pour moi. Je n'arrive pas à m'expliquer pourquoi il m'a gardée si longtemps. Que la volonté de Dieu s'accomplisse !

— Dieu peut tout, mon enfant. Demandons son secours. Peut-être daignera-t-il nous ramener Nazim ?

— Je ne fais que ça, mère. J'attendrai donc ce secours et je ne partirai que contrainte et forcée.

— Tu es la meilleure des femmes. Mon fils est victime d'un aveuglement dont je ne perçois pas l'origine. Espérons encore.

— Espérons…

Or, depuis quelque temps, Nazim découchait d'une manière assidue. Il passait souvent la nuit au village, rentrait fourbu et ne semblait même plus s'apercevoir de la présence de sa jeune femme. Elle ne dit rien… Espéra encore, mais en vain, touchée dans sa dignité par la présence de son père.

Puis, un beau jour, en présence de son beau-père et sa belle-mère, elle lui dit :

— Je n'ai plus de mari. Désormais, je ne peux rester ici qu'à titre de domestique.

— Domestique ! sursauta son père Yilmaz. Je te comprends, ma fille, mais ton père n'a jamais baissé la tête devant personne. Dans ce cas, prépare tes affaires : nous partons sur-le-champ !

Nazim et sa femme Zeynep se mirent alors à pleurer.

15

Le départ de Zeynep affecta Nazim. Il en fut d'ailleurs le premier étonné. Il découvrait soudain combien il avait aimé la jeune femme si douce et si dévouée qu'il venait de chasser brutalement. Au fond, il reconnaissait avoir œuvré contre lui-même en rejetant l'appui de cette âme tendre en laquelle il pouvait placer une entière confiance. Il sentait qu'en idéologue obtus, il avait sacrifié le bonheur qu'il tenait, sur base de conceptions dont la réalité lui paraissait plus en moins certaine. Il avait bafoué la plus respectable des épouses sous prétexte de théories nébuleuses et combattues vigoureusement par tous les siens, y compris par le juge, qui ne comprenait pas la nécessité de cette séparation. Briser la vie d'un être qui s'était donné à lui corps et âme pendant près de six ans pour faire triompher les théories sur le bonheur dicté par des inconnus – des inconnus dont le souhait sincère de modifier l'approche du grand problème de l'existence était encore à démontrer – lui parut pour la première fois profondément inhumain. Les accusations portées contre lui-même par sa conscience le mettaient mal à l'aise et le faisaient une fois de plus douter de la voie dans laquelle il s'était profondément engagé. Une phrase de son dernier entretien avec le magistrat au sujet de la répudiation de sa femme lui revenait constamment à l'esprit et l'assaillait de remords :

— Mon enfant, lui avait dit le juge, je crains fort que tu abandonnes une chance certaine pour courir dernière une espérance illusoire. Es-tu sûr de trouver une compagne conforme à ton désir ou plutôt qu'à tes rêves ?

En fait, il n'était sûr de rien. Il nageait dans l'incertitude, sans que se précise l'avenir dont il rêvait. Il était seulement persuadé d'avoir divorcé par « élégance morale », pour mettre sa vie en harmonie avec ses idées.

— Si tu appliques sans cesse cette théorie, lui avait dit une autre fois le juge, tu seras un éternel vaincu de la vie, un de ces utopistes vite essoufflés qui ne deviennent ensuite que de tristes épaves ballottées d'une passion à une autre.

Ces réflexions, mais surtout la peur du lendemain, décidèrent Nazim à quitter la maison pour échapper à la pénible atmosphère qu'il y avait créée. Il retourna donc en ville pour y chercher quelques distractions et sonder l'opinion de ses amis avant de se rendre à Fès. Il se sentait de plus en plus comme un étranger dans sa famille, personne ne s'intéressait à ce qu'il pensait ou faisait. Son père résuma un jour la situation à sa femme :

— Ton fils est encombrant. Tant qu'il se comportera d'une façon aussi bizarre, mieux vaudra qu'il aille vivre loin d'ici. J'achèterais volontiers la paix en lui versant une pension. J'avais dès le début le pressentiment de tout ce qui nous arrive. Notre fils n'est plus des nôtres, et c'est malheureusement l'étrange résultat de tout ce que j'ai fait pour lui.

Nazim et Volkan devinrent de nouveau très distants dans leurs rapports. À la gaieté et à l'assurance naturelle de l'étudiant succédaient maintenant une sorte d'abattement et une humeur morose. Alev et son mari s'inclinèrent devant le destin et demandèrent à la prière, la joie intérieure que leur refusait leur enfant.

Au moment de partir pour Fès, Nazim jugea prudent de charger le magistrat de régler avec son père les conditions matérielles de son séjour à l'université Al Quaraouiyine. Prévoyant de sérieuses difficultés, le juge convoqua le père et le fils avec l'espoir que la séparation prochaine rapprocherait un peu les deux hommes. Au contraire, Volkan se montra cassant et intransigeant. Il n'acceptait le départ de son fils que pour s'en débarrasser. Aussi défendit-il âprement la bourse qu'il lui attribuerait.

— L'argent qu'il va stupidement gaspiller à Fès, je le prends à ses frères et à ses sœurs, clamait-il avec force. Il acceptera donc la somme que j'ai fixée, ou alors, il voyagera sans mon aide. Il est assez grand pour gagner sa vie. Lorsqu'on se croit plus malin que les autres, il faut le démontrer par des actes.

Nazim sentit la profondeur du fossé qu'il avait creusé entre son père et lui, et des larmes lui vinrent aux yeux. Toutefois, son orgueil d'intellectuel reprit le dessus et sa vanité de réformateur, ainsi que sa méconnaissance des écueils de ce monde le ramenèrent dans le clair-obscur de ce qu'il appelait sa « mission ». Le magistrat se garda bien d'intervenir. Il ressentit en la circonstance plus de sympathie pour la colère de Volkan que pour la légèreté de Nazim.

Le jeune homme quitta la maison dans l'indifférence générale. Seule Alev pleura quelques instants après son départ, regrettant surtout la paix familiale dont son fils égaré venait de faire si bon marché. Volkan chargea le juge de faire parvenir à la nouvelle recrue d'Al Quaraouiyine les mensualités prévues, marquant ainsi sa résolution de couper les ponts avec un dangereux illuminé. Nazim partait à la conquête du bonheur du peuple turc sans avoir songé à faire le sien ni celui de ses parents.

Fès accueillit un Nazim désemparé et livré à de tristes réflexions. Il voulut chasser autant de pensées sombres en s'occupant fébrilement de son installation, mais les premiers frais l'effrayèrent, au point qu'il songea à rebrousser chemin. Néanmoins, il ne pouvait admettre l'inutilité de ses privations sans avoir lutté, sans avoir au moins entamé le grand combat qui devait faire de lui un de ces hommes libres. Toujours est-il qu'il engloutit rapidement ses économies, c'est-à-dire l'argent qu'il s'était procuré à l'insu de son père – c'est une pratique courante chez les fils de riches familles – grâce à la vente de quelques quintaux de blé ou d'orge.

Il loua un petit Riad meublé, acheta quelques livres et réserva une pension à proximité de l'université. Puis, il visita la ville de Fès, dont la fondation remonte à la fin du VIIIe siècle, sous le règne de Moulay Idriss Ier. Ses flâneries le conduisirent à la Médina (la ville ancienne), chez les tanneurs de cuir, au palais royal, et finalement aux souks qui devinrent très vite le but de ses longues promenades.

À l'université, son élégant costume, ses belles cravates, ses cheveux peignés soigneusement et son air assuré de jeune érudit produisirent un effet particulier. Avant même de le connaître, ses condisciples manifestaient déjà énormément d'intérêt pour lui. Les professeurs, eux aussi, le considérèrent avec sympathie. Pourtant, Nazim avait conservé ses habitudes du lycée citoyen et il posait à ses maîtres des questions embarrassantes. Par exemple, il leur demandait souvent de préciser leurs opinions. Hélas ! à chaque fois, il se faisait rabrouer avec des insinuations désobligeantes. Il en prit son parti et n'ouvrit plus la bouche durant les cours, car il n'avait pas envie de se découvrir. Nazim semblait voué à une éternelle solitude.

Un jour, à la Médina, il fit la connaissance d'un Fassi – un habitant de Fès – de son âge, prénommé Aksil et déjà fonctionnaire au tribunal. Ils se lièrent bientôt d'une solide amitié.

Aksil était issu d'une vieille famille de magistrats très aisée. Son père, originaire de la tribu berbère des Iglaoua – tribu du Haut Atlas, qui parle la langue tachelhit –, jouissait d'ailleurs d'une réputation de savant. Le vieux mufti, c'est-à-dire le jurisconsulte, auquel on le présenta, le trouva étonnant et l'aima aussitôt. Toutefois, il ne le trouva trop engagé envers les réformistes.

Nazim était souvent reçu dans la demeure d'Aksil. Autant il était enclin à réfuter les théories de ses professeurs de l'université, autant il s'inclinait devant la sagesse de son amphitryon. Celui-ci le charmait par une sobre éloquence qui rendait ses profondes idées accessibles à l'étudiant.

Nazim disait souvent à Aksil :

— Le peu que j'emporterai de Fès, je le devrai à ton père. C'est étrange comme il m'impressionne, alors que mes professeurs de l'université me laissent de glace ! Il me semble qu'ils ne servent que du réchauffé, du déjà entendu depuis des siècles. J'avalerai néanmoins leurs cours, car je dois absolument repartir avec mon diplôme. C'est indispensable pour le rôle auquel je me destine, mais mon cerveau ne s'enrichit guère de connaissances générales. Le seul avantage que je peux retirer de l'enseignement de l'université Al Quaraouiyine, c'est l'habitude des tournois inutiles et des discussions théologiques toujours teintées de quelques soupçons de panislamisme. J'avoue qu'avant ma venue à Fès, je ne voyais pas l'âme islamique sous son vrai jour, ou plutôt dans son essence même. Les leçons sur le fondement du dogme, ainsi que la philosophie – dans lesquelles il y a un peu de tout – de même que les commentaires des textes coraniques, avec les innombrables digressions qui sont venues s'y greffer, ouvrent devant moi des horizons nouveaux qui me seront d'une grande utilité pour mon action future. Notre juge avait raison quand il me disait insuffisamment formé. Je m'en aperçois maintenant, alors que je m'habite à un langage d'esprit critique.

— Je ne te suis pas, répondait Aksil. C'est avec mon père que tu dois aborder ce chapitre !

L'assiduité de Nazim dans ses études ne faiblissait pas, malgré des conditions morales défavorables. En effet, le milieu universitaire lui était de plus en plus hostile, car ses confrères avaient pris un malin plaisir à le filer. Ils avaient donc constaté qu'il s'habillait à l'occidentale et prenait ses repas dans le restaurant d'un Français installé à Fès. Ils s'aperçurent fort heureusement qu'il ne buvait pas de vin. Nazim avait pris cette précaution, non par conviction religieuse, mais pour déjouer la surveillance dont il se sentait l'objet.

Par bonheur, la fréquentation d'Aksil et de son père, unanimement vénéré à Fès, eut des effets bienfaisants sur Nazim. Ils détournèrent de lui certains soupçons, ce qui lui évita bien des ennuis. Cette ambiance assez décourageante et sa fragilité matérielle l'obligèrent cependant à plus d'isolement. Ayant toujours eu de l'argent à profusion, il n'avait jamais été endetté comme certains jeunes riches, et il n'entendait pas commencer à Fès. Il n'aurait d'ailleurs trouvé aucun prêteur. Il mit alors son grand ami le juge au courant de sa détresse et le pria d'intercéder auprès de son frère Gökalp, qui était le véritable dirigeant de la ferme de Kayaköy.

Gökalp répondit favorablement, Alev ajouta sa petite contribution et, de temps à autre, ils adressèrent des secours financiers bienvenus au jeune étudiant. Nazim était soulagé, car, ce qui le tracassait grandement, c'était la nécessité de conserver son rang auprès de la famille d'Aksil qui lui accordait une hospitalité vraiment musulmane. Pour le reste, il avait assez de caractère pour se plier aux exigences de ses modestes ressources.

Malgré l'aide apportée par Gökalp, son dénuement continuait de grandir. Au point que Nazim désespérait de sortir un jour des sombres difficultés qui l'étreignaient. Il ne goûtait seulement quelques moments de répit durant les heures, trop rapides à son gré, qu'il passait au sein de la famille de son ami. Il essayait parfois de lui manifester sa reconnaissance, mais le père d'Aksil changeait de conversation et conduisait doucement son hôte dans les hautes sphères d'une philosophie plus sereine.

— Comment se fait-il, lui dit Nazim, que je sois si souvent étranger aux enseignements de l'université et que je m'abreuve avec délice à votre savoir ?

— C'est que j'adapte peut-être mes propos à ton état d'esprit particulier, alors que les programmes de l'université sont officiels, c'est-à-dire qu'ils sont à l'usage de tout le monde. L'idéal en éducation serait qu'il y ait un professeur pour chaque élève, comme un médecin pour chaque patient. Le caractère officiel de l'université amoindrit peut-être l'enseignement des professeurs, obligés qu'ils sont de se propulser dans un cadre donné avec des idées arrêtées à l'avance. Vous avez quelques maîtres remarquables, mais ils ne peuvent se révéler dans un cours soumis à l'estampille des pouvoirs publics. L'université conserve ses mêmes publications et continue son œuvre de régénération selon son long passé. D'ailleurs, c'est ce qui en fait le foyer le plus incandescent de la religion.

— Je pressentais quelque chose à ce sujet, mais je croyais que la science était universelle et qu'elle devait, de ce fait, se manifester partout avec la même plénitude et la même vérité.

— C'était ainsi auparavant, à l'époque d'Ibn Rushd, c'est-à-dire Averroès. Aujourd'hui, chaque régime politique façonne les esprits selon les besoins du moment ou de ceux à venir.

— Vous voulez dire que la politique domine toute la vie des peuples ?

— C'est le triste résultat de ce que l'on appelle la propagande, c'est-à-dire un mensonge érigé en système. De cette manière, on néglige souvent des choses essentielles pour mettre en lumière des faits secondaires, parfois truqués. Il faut en toutes circonstances obéir aux directives venues d'en haut. Tant pis pour la vérité ! Vois-tu les conséquences d'une telle action ? Ici, entre quatre murs, je peux te parler de choses logiques, strictement avant-gardistes, qu'un professeur de l'université n'oserait pas dire publiquement. Ici, je peux te parler de ce que tu aspires à connaître sans m'occuper des raisons d'État ni des directives officielles. Ces révélations, dont l'importance ne t'échappera pas, ne peuvent évidemment être faites ailleurs. Tout le profit en sera pour toi, comme d'ailleurs pour Aksil. J'ordonne mes observations en vue de vos besoins particuliers et en rapport avec votre culture différente. Je me surveille pour ne pas heurter votre genèse réformatrice, car rien de fatal n'a présidé à ce que vous croyez être une évolution de votre esprit. Je sais que vous êtes un altruiste attentif, parce que vous vous soumettez aux lueurs de votre raison. Descartes, Rousseau, Voltaire ont déposé en vous des grains que vous ne pouvez plus exclure. Vous êtes le produit de votre culture mixte et vous ne pouviez pas être autrement. Du point de vue islamique, nous sommes les seuls responsables, ton père et moi, de votre frustration. Nous-mêmes, nous avons tort. Ne devions-nous pas nous adapter aux nouvelles conditions de vie qui nous sont imposées par les mutations ? Ce que je fais, c'est par affection, c'est pour vous mettre en état d'affronter efficacement la grande lutte pour l'existence.

— Je vous admire, vénérable maître !

— Il n'y a vraiment pas de quoi, mon ami. J'essaie tout simplement d'être à la fois un homme et un musulman. Pour ma tranquillité dans la vie, pour la paix de ma conscience. J'exige d'Aksil une conduite en rapport avec ses origines, car chacun a besoin de savoir d'où il vient : quant au reste, je ne vois rien, je ne veux rien voir, je le laisse face à sa conscience et à ses illusions.

— Aurais-tu quelque chose à me reprocher papa ? intervint Aksil. Si oui, tu peux le dire devant notre ami, qui est maintenant ton fils spirituel.

— Non ! Je suis satisfait, car, comme je te le disais tout à l'heure, je veux être à la fois homme et musulman. Quant à toi Nazim, je te souhaite beaucoup de courage et beaucoup de chance dans ton pays, la Turquie. Je rends hommage à mon tour à ton intelligence et à ta saine soif de savoir, mais tu lances ton coursier fougueux sur un terrain glissant ! Tu risques de ne pas être compris et celui qui se dit aujourd'hui ton frère peut devenir demain ton plus mortel ennemi. L'idée de la fraternité humaine est abstraite pour une grande partie des gens. Tu seras obligé de bousculer bien des conceptions, de porter de rudes atteintes à des situations fortement établies, de t'attaquer à des privilèges. Tout ceci ne s'abandonne pas pour de simples idéologies et il est à craindre qu'inconsciemment, tu sèmes la discorde là où tu désires voir régner l'union et l'entente.

— Si je ne vous avais pas rencontré, je n'aurais certainement pas eu la patience de rester trois ans à l'université. En effet, plus je progresse, plus je m'aperçois des résultats médiocres qu'entraîne, du moins en ce qui me concerne, l'enseignement de ces braves professeurs confinés chacun dans une case restreinte de ce que l'on appelle les sciences islamiques.

— C'est toujours utile d'entendre parler les Hommes, mon fils. Cela développe l'esprit critique et rectifie le jugement. On confronte ainsi ses connaissances et ses opinions à celles de ses semblables. Cela permet de découvrir les formes diverses que prennent, chez les humains, la clairvoyance ou la vanité. Ne regrette pas d'être venu à Fès, car tu en repartiras différent. Les voyages restent la meilleure école du savoir, de découverte et d'initiation envers l'autre.

— Comme je voudrais vous ressembler, partager votre science, votre indulgence, planer ainsi que vous le faites au-dessus des misères humaines ! Je voudrais surtout faire, de votre crédulité sincère, la mienne.

— Rassure-toi : tu pourras acquérir ces qualités que tu m'envies et que tu m'attribues par amitié. N'oublie pas que tu es désormais l'adepte de la raison, un fervent de l'esprit rationnel qui ne prétend pas savoir travailler que sur le réel, le palpable ou le positif. Tout ce que l'on peut raisonnablement exiger de toi est d'aimer l'autre, de respecter la foi de tes pères et de ne pas contribuer à l'amoindrir au profit d'un autre dogme.

— Cela, je peux vous le jurer, maître. Je place les valeurs de mes ancêtres, celles qui mènent vers le partage, au-dessus de toute autre chose. Indiquez-moi les moyens d'acquérir cette connaissance profonde.

— Il n'existe qu'un moyen pour cela : pratiquer nos philosophes, ceux du moins qui ont analysé profondément l'humain, ceux pour lesquels les hautes spéculations ne sont pas un vain assemblage de mots et qui ont révélé toute la grandeur de notre morale.

— Ces philosophes, me sont-ils accessibles, maître ?

— Pourquoi pas ? Ils sont, bien entendu, quelque peu difficiles à comprendre dans leurs développements, mais, comme tu possèdes une bonne base, il te sera facile de les suivre avec un peu d'attention. Al Ghazali était un philosophe, un théologien et un soufiste. Sa théorie de l'extase était, selon lui, susceptible de mettre l'homme en contact avec son créateur. Très vite désenchanté par sa recherche, il s'orienta vers un mysticisme profond, refusa toute vérité aux philosophes et les accusa d'infidélité. Al-Maari, pour sa part, est un grand poète, un cerveau puissant, un esprit libre et indépendant, connu pour sa virtuosité, pour l'originalité et le pessimisme de sa vision du monde. Ses poèmes philosophiques sont construits sur la base d'une tristesse existentielle profonde. Ils font du pessimisme une ligne de conduite et le point de départ de toute réflexion philosophique. Sa poésie reflète un humanisme sceptique dans lequel le poète visite le paradis et rencontre ses prédécesseurs, des poètes païens qui ont trouvé le pardon. « Le philosophe des poètes » était d'ailleurs très original dans son milieu, car, végétarien de nature, il avait défendu le végétarisme et les animaux avec sincérité, en se basant sur ses interprétations du Coran et sur ses propres raisonnements. Tu feras aussi connaissance avec la philosophie musulmane d'origine grecque, dont on parle peu, et qui a des tendances matérialistes. Dès les IVe et Ve siècles, Al-Kindi et Al-Fârâbî ont transmis des commentaires d'Aristote et ont ouvert la porte de l'antiquité aux investigations arabes. Une pléiade de philosophes musulmans s'est ainsi formée au contact de la civilisation gréco-latine. Ils ont suivi de plus ou moins près la pensée d'Aristote ou de Platon. Il y eut des oscillations dans la pensée islamique, ce qui a engendré diverses tendances et provoqué la scission des philosophes de l'époque en deux groupes : d'un côté, le groupe occidental avec Ibn Bajja, c'est-à-dire Avempace, Ibn Tofaïl et Averroès ; d'autre part, le groupe oriental comprenant Al-Kindi, Al-Fârâbî et Avicenne. Deux têtes émergèrent de ces deux groupes : Averroès qui essaya de concilier les diverses thèses de l'époque dans une espèce de rationalisme fondé sur la foi, et Al Ghazali qui opta carrément pour le mysticisme. N'oublie pas que le groupe occidental ou de l'islam d'Espagne – avec Averroès, Avicenne et Avempace – a introduit la philosophie gréco-latine en Europe. Ces trois hommes ont été de ce fait les vrais pères de la Renaissance…

Nazim suivit fidèlement les recommandations de son vieil ami et consacra la majeure partie de son temps à cette nouvelle étude, les cours de l'université n'exigeant pas une présence assidue. Aidé par le père d'Aksil, il parvint à pénétrer profondément les méandres de la philosophie musulmane et apprit surtout le langage littéraire et quelque peu précieux dont sont si fiers les savants musulmans. Ainsi armé, il décrocha aisément le diplôme de fin d'études de l'université Al Quaraouiyine et reprit le chemin de Kayaköy.

16

Nazim était revenu très satisfait de son séjour à Fès. Il avait obtenu très honorablement son diplôme de l'université Al Quaraouiyine et avait appris énormément de choses. Il se jugeait à présent suffisamment armé pour entreprendre son histoire. On ne pouvait l'accuser désormais de verser dans l'occidentalisme par ignorance des doctrines de l'islam et il pouvait mettre à profit l'expérience et le savoir acquis au cours des trois dernières années.

Sur le chemin du retour, il comprit qu'il ne pourrait mener une œuvre utile sans avoir rétabli une paix durable entre lui et les siens. Avant de travailler pour les autres, il devait donc ramener l'ordre et l'harmonie dans sa famille.

De fait, dès son arrivée, il fit preuve d'une affection conciliante et, sur le terrain moral, il afficha la vigilance qui convenait à un initié de haute classe. Il était écouté, admiré, et cela compensait largement les déboires rencontrés à Fès. Lorsqu'il demanda à sa mère, des nouvelles de Zeynep, elle lui dit :

— Elle est mariée et mère d'un petit garçon.

— J'en suis heureux, répondit-il après un moment de silence. Elle mérite tous les bonheurs. Quelle riche nature, c'était !

— Tu la regrettes, avoue-le !

— Non ! C'est bien ainsi. Qu'elle jouisse de tous les bonheurs. Moi, je dois subir mon sort.

Il eut également le plaisir de connaître ses deux belles-sœurs récemment arrivées dans la famille, et Talia reçut la visite d'un Nazim sérieux comme un ecclésiastique. Durant leur entretien, la jeune épouse de son père ne leva pas les yeux un seul instant sur celui qu'elle avait tant désiré. Il lui en imposait, maintenant.

Ce que Nazim recherchait surtout, c'était se faire pardonner par son père qu'il vénérait à présent, oubliant son attitude passée. Il ne laissait passer aucune occasion de lui témoigner son affectueuse déférence et s'entretenait volontiers avec lui, non des affaires familiales, mais de la religion, des pensées des grands savants et de ce qu'il avait vu à Fès. Le vieux Volkan était rassuré. Après le bien-être d'ici-bas, il pourrait, jouir de la félicité éternelle : il vivait de bonnes heures. Nazim lui parlait souvent de ses deux frères Gökalp et Orhan qu'il estimait pour leur dévouement aux activités au domaine et leur soumission aux volontés paternelles. Il voulait s'effacer complètement de la ferme.

— Je t'ai trop coûté, répétait-il souvent. Je ne t'ai procuré jusqu'ici aucun profit, si ce n'est un privilège lointain.

— Ne t'inquiète pas, fiston, répondait Volkan, profondément touché.

— Si ! Désormais, je vais gagner ma vie. Je ne te demanderai plus rien. Bien plus, je fais donation de ma part à mes frères qui travaillent tant. J'ai obtenu de la ferme plus qu'il ne m'en revenait à juste titre !

— Ce n'est pas ce langage que j'attendais de toi. Je n'ai pas à t'apprendre que l'islam n'admet pas le célibat. Il faut donc songer à te marier, à mêler tes enfants à ceux de tes frères.

— La question de mon mariage ne se pose pas encore, je t'en parlerai au moment opportun.

Au village, l'attitude du jeune Nazim fut unanimement appréciée. Non seulement il ne renonça nullement à faire preuve d'une exquise politesse envers ces anciens camarades, mais il apparut comme un intellectuel initié auprès de ces derniers qui apprécièrent tout particulièrement son verbe ardent, son éloquence entraînante, la profondeur de ses vues et ce quelque chose d'indéfinissable que révélait la maturité de ce jeune homme. Bref, Nazim devint très vite un personnage important à Kayaköy. On lui soumettait des cas de conscience ou des conflits d'intérêts, on sollicitait des consultations juridiques et, dans ce domaine, ses décisions restaient très souvent sans appel.

C'est à cette époque qu'il commença à envoyer des articles de presse à divers journaux. Ses écrits furent remarqués pour leur bon sens, leur sincérité, leur souffle libre et pour leur style emphatique. Ce succès journalistique fit grandir la confiance que Nazim avait en lui. Il crut même avoir gagné la partie.

Hélas ! Son enchantement ne dura guère. Il cessa lorsque Nazim se mit en tête d'accomplir sa mission en élargissant son rayon d'action. Les conservateurs s'inclinèrent devant son incontestable savoir, mais ils avaient déjà pris position au sein des partis islamistes. Ils écoutèrent donc le jeune érudit avec intérêt, mais défiance. Ils sentaient en lui un activiste notoire, mais ils ne lui reconnurent aucune autorité, puisqu'il n'avait pas reçu cette autorité des mains des guides consacrés par l'opinion. Il eut beau s'élever contre cette étroitesse d'esprit, contre les divisions intestines dans la société, il s'efforça de mettre en garde contre les passions politico-religieuses qui déformaient leurs plus légitimes verves, rien n'y fit !

Déçu de l'attitude aveugle d'une bonne partie du peuple surchauffé par une démagogie outrancière, il voyagea dans les autres régions, mais ce fut pour mieux s'apercevoir de l'étendue du désastre. En effet, il constata partout le même esprit égoïste, l'absence d'une volonté sincère en vue du relèvement de ces concitoyens mis à odieuse contribution de la manière la plus… moderne.

Le cynisme des promoteurs de l'agitation le révolta. Alors, il voulut réagir et combattre ces honteuses méthodes tolérées, sinon encouragées, qui ne pouvaient être que funestes à la cause des Turcs. Il présenta des articles objectifs aux périodiques et aux quotidiens, mais on se moqua doucement de sa naïveté et on refusa d'insérer ses propos sous le facile prétexte que sa prose risquait de froisser les instances politiques. Il essaya même de monter un petit hebdomadaire, ce qui déchaîna aussitôt contre lui la meute des ambitieux et des attentistes. On l'accusa de travailler pour l'opposition, puis pour le compte de l'administration d'Istanbul, de semer la haine et la division au sein de la société turque en essayant de discréditer dans l'esprit des bien-pensants, « les chefs intègres » des partis.

Ces stupides calomnies brisèrent son élan. Il perdit des amis, car ceux qui sentaient en lui un concurrent possible faisaient le vide autour de lui. Alors, il constata, la mort dans l'âme, que dans l'emballement nationaliste des foules de l'époque et les passions déchaînées, il n'y avait plus de place pour un système pragmatique, solidaire et avant-gardiste visant à l'amélioration immédiate de la situation économique et de la liberté des Turcs.

Découragé et aigri, il s'en alla conter sa mésaventure à son ancien maître de philosophie, Monsieur Martin, avec qui il conversait désormais en français.

— Mon ami, lui dit ce dernier, je m'y attendais un peu. Tu es trop honnête, trop loyal pour accepter ce monde déséquilibré. Tu es arrivé un siècle trop tôt, prends-en ton parti. Il vaut peut-être mieux que tu ne sois pas mêlé à l'agitation actuelle pour ne pas être touché par la débâcle qui ne manquera pas de se produire dans un temps plus ou moins long. Une ère d'apaisement reviendra peut-être, qui te trouvera prêt à une action réfléchie.

— En attendant, je m'ennuie et je ne sais que faire !

— Va donc passer les vacances d'été en France ! Ce sera le premier pays occidental que tu découvriras ; ça te fera le plus grand bien.

— J'aimerais bien, mais je ne connais personne là-bas.

— Viens chez moi en Bourgogne.

— Je craindrais de vous déranger.

— Pas du tout. Je ne t'offre qu'un petit village où il n'y a ni palaces ni grands restaurants gastronomiques, et d'où nous sommes tous issus. Je te trouverai facilement une chambre et nous mangerons à la bonne franquette. C'est d'ailleurs ainsi que tu connaîtras la vraie France.

— J'ai envie de dire oui.

— Alors, dis-oui et « tope-là », comme on dit chez nous.

Fin juillet, Nazim arriva donc à Paris, capitale de la culture et de la poésie au terme d'un voyage à bord du légendaire Orient-Express en provenance d'Istanbul. Il passa quelques jours à découvrir ce musée éternel à ciel ouvert. Après s'être procuré quelques livres d'André Breton, Romain Rolland et Marcel Proust à la librairie Delamain, il se rendit aux abords du splendide jardin du Luxembourg, au sein duquel se dresse la romantique fontaine Médicis. La légende raconte que si l'on jette une pièce au fond de la fontaine en formulant un vœu aux sculptures des deux amants Acis et Galatée, ce vœu sera exaucé… Il ne put résister à la fable.

Il passa ensuite deux jours à Dijon, puis, vêtu comme un dandy et coiffé d'un élégant chapeau *Fedora* gris, il arriva chez Monsieur Martin. Tous les parents étaient venus l'attendre à la gare pour faire plaisir au professeur, et ils le choyèrent comme savent le faire les paysans de tous les bourgs de la Bourgogne. En effet, l'éclat de ce jeune homme émerveilla instantanément ceux qui, jusqu'à son arrivée, croyaient accueillir un homme turc avec une grosse moustache et poilu comme un ours. Dès lors, il devint vite « Monsieur Nazim », tant il présentait les qualités spécifiques du vrai galant homme. Son grand air, ses manières de grand seigneur et sa connaissance du monde agricole faisaient impression aux paysans qui en avaient fait tout de suite une sorte d'Aladin. Chaque famille tenait à l'avoir à sa table et Monsieur Martin allait souvent le rechercher chez ses hôtes, en lui reprochant au passage de ne pas assez manger.

— Monsieur lui répondait Nazim, vous encourez en ce moment une bien grande responsabilité ! Vous êtes tout simplement en train de me détacher de mon milieu. D'ailleurs, j'ai presque envie de ne plus retourner en Turquie.

— Le soleil de ton pays te rappellera plus tôt que tu le soupçonnes !

Nazim passait ses journées à visiter le pays, tantôt avec son professeur, tantôt avec de jeunes gens du village. Le soir, il y avait toujours une petite soirée chez Monsieur Martin ou chez un membre de sa famille. Au jardin ou dans la maison, Nazim s'y pavanait, mis en verve par la confiance dont il se sentait entourer dans ce coin de France. Il excellait surtout dans le récit des contes d'Orient et dans l'art de rapporter les facéties de *Djeha,* ces histoires inventées par Nasrettin Hoca, un philosophe turc ingénu et faussement naïf qui prodiguait des enseignements tantôt absurdes, tantôt ingénieux.

Monsieur Martin tenait en grande estime Monsieur Prost, le directeur de l'école de ce petit village bourguignon. Il l'aidait dans l'organisation des œuvres sociales de la région et collaborait à la construction d'un musée archéologique local. Pour ces travaux extrascolaires, Monsieur Prost avait pour secrétaire sa fille Sylvie, âgée de dix-huit ans. Intelligente, les yeux remplis de l'ivresse du délice, l'esprit toujours porté vers les nouveautés et foncièrement honnête, elle ne savait rien cacher de ses sentiments ni de ses idées. Elle était si gaie qu'on l'avait surnommée « Pinson », dans le village.

Personne n'échappait à ses plaisanteries, mais tout le monde les lui pardonnait très vite, devant l'adorable sourire dont elle savait les accompagner. Nazim était tout désigné pour subir la verve moqueuse que Sylvie savait si bien expérimenter sur ses concitoyens. Il fut d'abord étonné des petites moqueries qu'elle lui lançait. Souvent même, il était désarçonné quand cela se produisait en société. Toutefois, il s'affranchit bien vite de sa timidité et répondit du tac au tac. La séduisante Sylvie, l'enfant terrible, comme on l'appelait, trouva bientôt à qui parler et s'intéressa tout particulièrement aux ripostes toujours justes du jeune Turc. De ce fait, une familiarité s'installa très vite entre eux, mais elle demeurait dans le cadre des convenances par sa franchise, sa persévérance et le manque absolu d'arrière-pensée.

Un soir, Nazim s'en alla dîner chez Monsieur Prost en compagnie de Monsieur Martin et des siens. Sylvie, qui tenait le ménage de son père veuf, faisait des prodiges. On parla beaucoup de la Turquie, de l'Empire ottoman – qui fut au centre des interactions entre le monde oriental et occidental durant plusieurs siècles – de la douceur de son climat et de l'originalité de différentes communautés turques. La jeune fille, curieuse dans l'âme, ne résista pas à l'envie de poser quelques questions indiscrètes à son hôte. Elle voulait tout savoir de sa famille, de son entourage et surtout de sa manière de vivre.

Nazim lui donna satisfaction en toute franchise. Les détails qu'il fournit faisaient entrevoir à Sylvie un grand domaine, un château, des attelages, des autos et, au milieu de tout cela, un Nazim qui se comportait comme un pacha. Les contes d'Orient si souvent rapportés par le fils de Volkan prenaient soudain forme et devenaient pour elle des réalités. À partir de ce soir-là, elle appela Nazim « le prince Aladin » et son attitude à l'égard du jeune homme se modifia brusquement. Elle se montra moins enjouée devant lui, plus réservée. Elle posait souvent sur lui de longs regards sérieux, comme si un attrait réciproque les avait bouleversés. Ils recherchaient les interminables tête-à-tête. Il leur arrivait même d'aller tous les deux, en début après-midi, longer l'ombre du long ruban de saules qui bordait la rivière.

Monsieur Martin, à qui l'évolution des sentiments des deux jeunes gens n'échappait guère, dit un soir à son élève :

— Dis donc fakir, je crois que tu es en train de fasciner la Sylvie. Attention ! Tu sais que son père est mon grand ami et que je la considère un peu comme ma fille.

— Votre recommandation est superflue, Monsieur. Si Sylvie devait se retrouver dans mes bras de fakir, ce serait après votre consentement et dans les conditions les plus honorables.

— Je ne conçois pas la chose autrement. Nos familiarités de villageois ne tolèrent aucune conséquence fâcheuse, ne t'y trompe pas !

— Croyez-vous que mes promenades avec Sylvie puissent être mal interprétées par vos cousins ?

— Non. Ici, tout le monde a confiance en mon élève, celui qui est devenu « le prince Aladin » et chacun sait que sa dignité ne lui permettra pas de s'écarter d'une voie honnête.

Malgré l'accord de son maître, Nazim évita alors les rencontres avec Sylvie. Il craignait de la compromettre. Cette attitude toucha la jeune fille qui désirait, au contraire, un contact plus fréquent et un peu plus d'abandon dans leurs entretiens. Elle souffrit même de cette froideur subite qu'elle ne comprenait pas.

Sylvie était ce que l'on pouvait appeler une beauté susceptible d'enflammer une passion. Rien de particulier ne la présentait de prime abord comme telle. Bien sûr, les passants se retournaient et la suivaient du regard, tant sa silhouette était agréable et équilibrée. Il se dégageait de cette femme à la taille idéale, aux yeux émeraude, à l'allure dégagée et aux formes harmonieuses, quelque chose d'indéfinissable qui captivait l'attention. Elle était consciente de son charme sans artifice et bénéficiait d'une vigoureuse santé physique et morale. Elle voulait vivre, se dépenser et aimer. De là, ses manières franches et la sincérité qu'elle apportait à ses questions, comme à ses réponses.

Elle portait la tête légèrement rejetée en arrière, comme pour échapper à l'ennui des choses terre-à-terre. Ses cheveux châtains et abondants cascadaient sur une nuque aux lignes pures, tandis que son visage au teint éclatant respirait la fraîcheur et la rendait rayonnante. Ses joues rebondies mettaient en valeur son petit nez retroussé qui se pinçait lorsqu'elle était inquiète. Les nuages orageux de ses sourcils surplombaient le lac vert de ses yeux qui reflétaient les émotions du moment où la mélancolie des heures vide, et dans lesquels se jouaient les lumières de son regard expressif.

Tout, chez Sylvie, était naturel. Profondément opposée aux excentricités, elle détestait les attitudes surfaites ou les hypocrisies, et se présentait partout, telle qu'elle était. Elle se donnait tout entière au plaisir qu'elle se croyait permis et refusait catégoriquement tout ce qui était de mauvais goût. Elle était ardente dans l'action, quelque peu exubérante dans l'intimité, mais ses actes étaient toujours mesurés. Son caractère empreint de bonté la portait naturellement au dévouement sous toutes ses formes. Elle était tout heureuse de mettre ce désintéressement à la disposition des siens et de tous ceux à qui elle donnait un peu de son influence.

Nazim ne pouvait rester insensible à cette jeune beauté, fille de l'harmonie. À ses yeux, Sylvie était une élite qui subissait, par ricochet, le charme de l'élève de Monsieur Martin. L'approcher devenait pour elle une nécessité, et elle ne trouvait de l'intérêt que là où figurait le fils Volkan. Les signes d'un amour naissant n'échappaient pas à Nazim, qui s'en trouvait fort flatté. Ses sourires furtifs le ravissaient et le timbre de sa voix le faisait tressaillir de joie et d'amour. Idéalement belle à ses yeux, il se mit à lui attribuer toutes les perfections.

Le miracle s'était accompli et le village disait que les deux jeunes gens en « pinçaient » l'un pour l'autre. Puis, un soir, lors d'une réunion habituelle, il fut question du départ de Nazim. Sylvie, qui ne concevait plus l'existence sans son prince Aladin, était affolée. Alors, un après-midi, elle l'entraîna sur la berge de la rivière. Dès qu'ils furent assis sur le tronc tordu d'un vénérable saule qui surplombait le fil de l'eau, elle lui dit d'une voix mal assurée :

— On dit que tu vas repartir bientôt !

— Hélas ! Les meilleures choses ont une fin. Je regretterai ton beau pays et les heures délicieuses que j'ai passées ici resteront à jamais gravées en mon cœur. Pour être sincère, Sylvie, je dois avouer que je te quitte avec infiniment de peine.

— Épargne-moi tes beaux discours. Parlons franchement !

— Volontiers.

— Je ne suis pas une femme comme les autres. Je sais que beaucoup de femmes disent cela, mais tu en trouveras très peu qui aiment la vérité autant que moi et osent appeler les choses par leur nom. Je t'aime de tout mon cœur. Mais toi… M'aimes-tu aussi ?

— Est-il besoin de te le dire ? Tu ne le sais pas déjà ?

— On ne sait jamais en pareilles circonstances… ou plutôt je ne sais qu'une chose : je t'aime de toute mon âme et tu m'es indispensable pour vivre. J'ai choisi : ce sera le mariage ou le grand plongeon, ajouta-t-elle en indiquant un coin de la rivière où l'eau tourbillonnait avec bruit.

— Ne dramatisons pas, Sylvie. Je t'aime autant que tu m'aimes. Je serais heureux d'être avec toi pour toute la vie, mais je crains que tu n'aies pas examiné sérieusement notre situation.

— Examiner notre situation ? Je n'en vois pas la nécessité !

— Tu oublies que je suis Turc, c'est-à-dire issu d'un autre peuple et adepte d'une religion différente ? Si nous devions vivre en France, je te dirais, marions-nous tout de suite. En Turquie, c'est une autre affaire, une affaire dont tu ne soupçonnes pas la gravité, car les mariages mixtes ne sont pas ce que tu crois.

— Vivre en France ou en Turquie, subir les calomnies d'ici ou celles de ton pays, supporter les gens de la métropole ou ceux de la Turquie, cela m'importe peu. L'essentiel pour moi est d'être avec toi, te voir, te serrer dans mes bras. Aujourd'hui, je brise les barrières du silence, les mots sortent enfin de ma bouche pour te dire « je t'aime ». Le soleil avalera la seule terre que nous n'aurons jamais, mais je suis amoureuse de toi.

— Sais-tu ce que signifie être musulman en Turquie ?

— Je m'en moque ! Es-tu musulman aujourd'hui ?

— Oui.

— Eh ! bien, je te veux comme ça et j'entends te garder comme ça !

— Ne te précipite pas. Réfléchis avant de t'engager dans une aventure que tu pourrais regretter plus tard.

— Oh ! Tu m'agaces avec tes réticences. Je te répète que je te désire tout entier, tel que tu es, avec tes qualités et tes défauts.

— Sylvie, ne te pousse pas à commettre l'irrémédiable !

— Pour moi, ce sera le mariage ou le plongeon.

— Dans ce cas, au diable la raison ! Va pour le mariage, Madame Volkan ! s'écria Nazim, le visage radieux.

En conclusion, il lui cita ce proverbe turc : *Amoureux est celui qui, en courant dans la neige, ne laisse pas la trace de ses pas*. Alors, dans la fraîcheur crépusculaire qui faisait frissonner la longue chevelure des saules, les lèvres des deux jeunes s'épousèrent longuement. Tous deux ressentirent *cette sensation de* chanter, dans la bouche de l'autre, une mélodie éternelle et d'atteindre la limite suprême du bonheur.

Le soir, chez Monsieur Martin, Nazim demeura silencieux et l'expression sérieuse du jeune homme n'échappa guère à l'assistance. Vers le milieu du repas, le professeur, qui jusque-là avait respecté le mutisme de son ancien élève, n'y tint plus :

— Dis donc, fakir, tu es allé à la rivière avec Sylvie ? Pas de bêtises, au moins ?

— Pas de celles auxquelles vous semblez songer.

— Peut-on savoir ?

— Oh ! Bien sûr, il se trouve que j'ai à moitié promis le mariage à Sylvie.

— Comment ça, à moitié ?

— Je ne pouvais promettre davantage. J'ai d'abord besoin de votre assentiment et il est indispensable, ensuite, que Sylvie soit fixée sur les dangers des mariages mixtes en Turquie.

— Tu es toujours aussi raisonnable, Nazim. Sylvie devra, en effet, y réfléchir très sérieusement après les précisions que je ne vais pas manquer de lui donner. Et toi, acceptes-tu ?

— J'accepte en faisant toutes les concessions nécessaires, car, je dois vous avouer que je l'aime passionnément.

— Le danger ne peut évidemment venir que de son côté. Veux-tu me l'envoyer demain dans l'après-midi ?

— Soyez dur, Monsieur Martin. Ne laissez rien dans l'ombre. Il s'agit du bonheur de deux êtres que vous aimez.

— Sois tranquille !

Le lendemain, c'est une Sylvie rayonnante d'amour qui se présenta devant Monsieur Martin. Celui-ci lui lança sans préambule :

— Te voilà donc joyeusement embarquée pour l'Orient, tête de linotte !

— Pourquoi tête de linotte ? J'ai mûrement réfléchi à ce que je fais. Je l'estime, je l'aime, et si quelqu'un ne peut pas me reprocher cet amour, c'est bien vous. N'est-ce pas vous qui nous avez amené ce merle blanc qui a tourné la tête de tout le village ?

— Il ne s'agit pas de cela. Nazim est digne d'être aimé, mais il faut songer à l'avenir. Dis-moi… Penses-tu vivre ici ou en Turquie avec ton merle blanc ?

— Je le suivrai partout où il ira. Je serai là où il voudra être.

— Nazim ne peut pas quitter son pays. Trop d'intérêts l'y attachent. Or, là-bas, votre mariage sera mal vu par les siens. Tu ne peux imaginer à quel point tu seras critiquée, désapprouvée et désavouée par tout le monde.

— Tout ceci m'est indifférent. Je n'épouserai que celui que j'ai choisi, je ne désire rien de plus.

— Pourtant, il faudra compter avec tous ces préjugés. Seras-tu assez forte pour les supporter ?

Monsieur Martin insista longuement sur les risques réels auxquels elle s'exposait, sur l'impossibilité d'établir tout contact avec la famille de son futur époux, sur les insinuations désobligeantes, les humiliations que lui attirerait immanquablement, à Kayaköy et en France, sa qualité d'épouse de « tête de Turc ». Il s'attarda également sur le fait que Nazim serait obligé de faire des concessions à sa famille et à l'opinion musulmane.

— Je ne comprends pas, répliqua vivement Sylvie. Puisque je l'aime et que je veux vivre avec lui, qu'ai-je à faire de l'opinion des Français et des Turcs ? Je traiterai les insinuations comme elles le méritent, c'est-à-dire comme des divagations sans grande importance.

— Je ne suis pas convaincu que tu aies tout saisi, mais je n'ai pas le droit de faire violence à ta détermination. Laissez-moi donc arranger toute cette affaire.

— Merci beaucoup, oncle Martin.

— Dès demain, nous organiserons un dîner de fiançailles et je ferai part officiellement à ton père, au nom de Nazim, la demande en mariage. Vous pourrez même échanger le baiser traditionnel.

— C'est déjà fait ! répondit la jeune fille en riant.

— Il n'y a pas eu autre chose, au moins ?

— Ah ! ça non ! clama Sylvie en se redressant fièrement.

— Vous êtes vraiment faits l'un pour l'autre, conclut Monsieur Martin.

Le repas eut lieu comme prévu. La joie de Sylvie fut sans réserve et Nazim fit des prouesses d'esprit. Il fut convenu que le fiancé retournerait en Turquie et ne rentrerait qu'au mois de juillet de la prochaine année.

— Ainsi, dit Monsieur Martin, nos amoureux auront encore tout le temps de réfléchir.

Sylvie n'était pas de cet avis, mais elle dut s'incliner devant le désir du professeur. Quant à son père, Monsieur Prost, il était ravi et il promenait partout le large sourire qui éclairait sa barbe fleurie.

Conforté dans ses intentions par les tendres lettres de Sylvie, Nazim eut le temps de préparer ses parents à cet événement inattendu. D'abord surpris, le père Volkan et sa femme finirent par en prendre leur parti. Ils s'attendaient désormais à tout de la part de ce fils qui les avait déjà habitués à tant d'originalité dans ses comportements.

Cette année d'attente fut l'une des plus heureuses que Nazim ait connues. Non seulement, il vivait dans l'enchantement d'un rêve caressé depuis longtemps, et sur le point de se réaliser, mais de plus, ses affaires prospéraient d'une manière inespérée. Ses écrits faisaient autorité et sa double culture lui permettait désormais de diriger habilement les hommes. Il voulait désormais reprendre son action sociale en faveur de ses concitoyens les plus démunis. Il avait surtout hâte de les mettre en garde contre les manœuvres dont ils faisaient l'objet, de façon à ce qu'ils comprennent ce qui se passait réellement en Turquie à ce moment-là. En effet, une guerre se préparait entre la Grèce et les révolutionnaires turcs dirigés par un certain Mustafa Kemal Atatürk, un homme très inspiré par la Révolution française.

Le père Volkan n'était pas peu fier de la popularité de son enfant. Il ne quittait pas son cabinet de Kayaköy, prenant un immense plaisir à écouter les « paroles d'or » que son fils semait à profusion autour de lui. Il ne voyait plus que par Nazim, poussant son admiration jusqu'à le supplier de reprendre la direction de la ferme.

C'est dans cette ambiance sereine que Sylvie Prost arriva au « château » de Kayaköy. Ce mariage accrut encore le prestige du jeune érudit auprès de tout le monde, sauf bien sûr chez les conservateurs. Ceux-ci dénoncèrent aussitôt cette union qui, selon eux, *contredisait le Coran, la tradition prophétique et le consensus de la communauté*.

Le jeune ménage emménagea dans une maison de Kayaköy, tout en conservant une chambre soigneusement entretenue dans la ferme. Sylvie était enchantée. Le soleil de la Turquie, la vie aisée qu'elle menait, la considération dont jouissait son mari dans tous les milieux la transportèrent dans un monde qui semblait irréel. Son mari l'emmenait souvent lors de ses voyages. Ils consacrèrent ainsi quelques journées à la visite d'Izmir, à se balader le long de la mer Égée, à visiter l'Agora, sans oublier la maison de la Vierge Marie. Sylvie connut le mystère de l'infinitude. Elle s'enthousiasma pour la vie tout en douceur de la reine Roxelane, qui fut l'épouse du sultan

Soliman le Magnifique. Puis, elle devint plus sédentaire et se laissa enivrer par une vie mondaine à laquelle elle s'adapta avec une aisance remarquable.

Monsieur Martin n'aimait pas la direction qu'avait soudain prise l'existence de Sylvie. Il lui rappelait sa promesse de vivre avant tout pour son mari. Éperdument amoureux, Nazim n'y voyait, pour sa part, aucun mal.

Pourtant, les nuages précurseurs de la tempête s'amoncelaient et la crise inévitable des mariages mixtes atteignit bientôt Sylvie. Malgré le handicap de la langue, elle avait entendu tant de niaiseries sur ces « gens-là », tant de jugements sévères sur les mœurs turques, tant d'appréciations outrancières sur leur paresse, leur duplicité incurable ; elle avait subi le feu de tant de questions indiscrètes de la part de personnes proches, tant de manifestations de pitié et de commisération ; on avait dit tant de fois « la pauvre ! » en parlant d'elle qu'elle croyait finalement s'être fourvoyée dans un monde d'horreur. Son caractère s'en ressentait, malgré les vigoureuses contre-offensives menées par la mère de Nazim.

Cette situation n'échappa guère à Monsieur Martin. Le professeur avait sa propre opinion sur les mariages mixtes. Selon lui, ce type d'union posait plus de problèmes que l'homogamie. Certes, les terrains conflictuels existent, mais l'aventure est d'autant plus exaltante. Elle exige de chaque conjoint une rationalisation sans cesse renouvelée des difficultés inhérentes à la vie d'un couple. En tout cas, il suppose une maturité mentale particulièrement développée. La dynamique de la vie de ces couples, ponctuée par des crises passagères et des étapes semblables à celle de n'importe quel couple, a pourtant sa logique propre. Les risques de conflit, dus aux différences de culture, sont plus nombreux. Ils obligent les couples à un effort permanent d'échange pour maintenir un *modus vivendi* enrichi d'imagination. Les mariages mixtes sont, en quelque sorte, le condensé d'une relation entre deux cultures et représentent en cela un phénomène universel.

Nazim fut le dernier à s'apercevoir des humeurs changeantes de sa femme. En fait, il se rendit à l'évidence face à certaines exagérations intimes. La profondeur du gouffre dans lequel sombrait son bonheur le terrifia, et il courut aussitôt chez Monsieur Martin.

Dès ses premières paroles, le maître l'arrêta : il savait tout.

— Dans ce genre de situation, mon ami, lui dit Monsieur Martin, il ne faut rien brusquer. Le fil qui vous lie est devenu si mince qu'il suffirait d'un rien pour le briser à jamais. Je sais que tu souffres. Sylvie souffre également. La distance qui vous sépare était trop grande et le rapprochement s'est fait sans préparation aucune. J'ai toujours été hanté par la peur de voir arriver la catastrophe qui s'abat sur vous aujourd'hui. Que veux-tu que je te dise ? Sois patient. Extrêmement patient !

— Patient ? répondit Nazim. Non, ce n'est pas suffisant.

L'explication entre les époux eut lieu. Sylvie, en larmes, ne put cacher son drame intérieur : ce pour quoi elle voulait mourir autrefois lui faisait horreur maintenant.

— Je ne croyais pas que cela se passerait ainsi, répétait-elle en sanglotant. Je suis malheureuse, car les regrets sont inutiles.

— Pas du tout, Sylvie ! Il n'est jamais trop tard pour se libérer d'une vie qu'on ne peut plus supporter. Tu regrettes vraiment de m'avoir épousé ? Soit, laisse-moi agir. Tu n'auras pas à t'en plaindre.

Dès le lendemain, Nazim soumit sa femme à une forme de claustration : les visites lui furent interdites et quelqu'un devait obligatoirement l'accompagner lors de ses déplacements. Monsieur Martin, qui était comme un père pour Sylvie, lui trouva l'homme de loi qui devait mener rapidement la procédure de divorce. Nazim prit tous les torts à sa charge et en assuma les frais.

Toutes les tentatives du professeur en vue de ramener la paix entre les deux époux se heurtèrent à la volonté inébranlable de Nazim.

— Pourquoi, insistez-vous, Monsieur ? lui demanda son élève. Vous savez que rien désormais ne peut nous rapprocher et ma dignité ne me permet pas de vivre auprès d'un être qui me hait. Il y a déjà rupture de fait entre Sylvie et moi. Laisser cette situation se prolonger serait nous exposer aux pires déceptions. Certaines humiliations ne se supportent pas chez nous, elles se lavent souvent dans le sang. Pour Sylvie et pour moi, faites vite !

Quatre mois plus tard, le divorce était prononcé dans la plus grande discrétion. Nazim exigea que Sylvie reste chez lui jusqu'à son départ. Il souhaitait l'accompagner lui-même à Istanbul, où elle prendrait le bateau.

Le jour de la séparation arriva. Sur le pont du paquebot qui devait la ramener en France, Nazim prit doucement la main de Sylvie.

— Nous allons nous quitter pour toujours. Je ne veux pas te laisser partir sans te dire qu'il n'y a dans mon cœur ni haine ni désir de vengeance. Je ne peux oublier les instants de joie et de bonheur que tu m'as donnés. Lorsque tu ne seras plus là, j'effacerai de ma mémoire la Sylvie de ces derniers jours pour ne conserver précieusement que celle des saules de la rivière. Celle-là était parfaite. L'autre a écouté trop complaisamment les voix de la jalousie et de l'envie. Si nous sommes les tristes victimes des odieux préjugés, nous devons cependant accepter le verdict du destin. Je te souhaite de trouver dans ton beau pays ce que tu n'as pu trouver ici. Souviens-toi que tu laisses un grand ami en Turquie.

Des larmes noyèrent aussitôt les yeux des ex-époux.

Le bateau glissa ensuite sur les eaux calmes du port d'Istanbul. Debout sur le pont arrière, Sylvie fixait la fine silhouette de celui qui avait été son merle blanc. Au même instant, Nazim, figé dans une immobilité de pierre, sentait son corps se vider de toute vie. L'un et l'autre retournaient dans leur monde. C'était bien ainsi. C'était le destin !

17

Nazim ne se rappelait pas comment il était revenu à son hôtel d'Istanbul. Les rues, pourtant grouillant de monde, lui avaient paru d'un vide effrayant et les mille bruits du port avaient monté à ses oreilles comme un murmure très lointain. Il se jeta, tout habillé, sur son lit. L'intolérable douleur qui lui torturait la gorge se transforma soudain en un long sanglot. Il pleura longtemps. Des larmes de joie d'autrefois, il ne restait qu'une vie brisée, le cadavre d'une vie tranchée net dans son élan.

La nuit était déjà venue, quand il sortit enfin du néant dans lequel sa souffrance l'avait jeté. Les larmes l'avaient un peu soulagé. Alors, face aux multiples lumières qui montaient à l'assaut de la montagne du mont Ararat avant de se perdre dans l'immensité du ciel, sensible maintenant à la rumeur assourdie de la vie nocturne de la grande ville, il hurla sa douleur :

« Cette vie est sans sel. Comme nous avons tort de la prendre au sérieux ! Ceux qui la quittent volontairement ne sont pas aussi mélancoliques qu'on le dit : ils décident de partir parce qu'ils ont fini par comprendre qu'elle n'est pas digne d'être vécue. Qu'a-t-elle donc de si attrayant ? Que nous offre-t-elle en compensation de tous les chagrins qu'elle nous impose ? Elle s'amuse avec nous selon ses caprices, elle nous trompe d'une façon abjecte, elle ne nous offre que des illusions de liberté, de puissance et d'orgueil. Nous sommes entre ses mains des marionnettes dont elle tire les ficelles d'une façon inhumaine. Au moment où nous croyons avoir réussi, où nous croyons approcher de ce bien bel idéal, au moment où nos âmes ont forgé souvent dans la douleur, elle intervient brutalement, anéantit nos rêves les plus délicats, elle nous terrasse sans aucune indulgence et nous rejette, abasourdis, fous et sans espoir sur les rives obscures d'un monde inconnu. Pourquoi nous acharner dans la poursuite de l'insaisissable, quand nous sombrons avant même de quitter le port ? Qui est sûr d'un lendemain lumineux, même s'il est préparé avec la plus grande méticulosité ? Les animaux sont plus près que nous de la vérité. Ils s'abandonnent sans réserve à leur instinct, ils profitent de l'instant présent, vivent sans calcul et défendent vigoureusement leur existence. Eux, au moins, sont à l'abri des déceptions, des revirements liés à un faux sentimentalisme ; ils sont toujours armés pour l'éternelle bataille qu'est la vie. Ils sont conscients de ne pouvoir jouir que du présent, et que toute précaution pour l'avenir est vaine. Pourquoi rejetons-nous cette sagesse et persistons-nous à construire dans le néant, à construire sur des nuages, alors que la réalité nous impose l'aveu de notre impuissance ?

J'ai voulu donner à ma vie une forme et un sens précis. J'ai travaillé durant de longues années, j'ai résisté aux courants périlleux, j'ai heurté les miens pour rendre plus sensible à mon cœur égoïste, la loi de l'éternelle souffrance. Mon avenir semblait aussi pur que l'étoile du matin. Il semblait à l'abri de toute souillure. Or, au moment où je tendais les bras pour l'étreinte suprême, mes mains n'ont accroché que les contours effilés d'une réalité exorbitante.

Pauvre fou que j'étais ! Je m'étais inconsidérément vêtu du titre de défenseur de nos indigents, de nos faibles et de nos déshérités ; je me prétendais armé pour cette lutte généreuse, j'avais foi en la bonté des hommes et ma ferveur n'avait d'autre source que l'amour. Hélas ! Au premier choc, me voici brisé, vaincu. Qu'ai-je à espérer en ces instants cruels, de ceux que j'ai voulu élever jusqu'à moi ? Les sarcasmes vengeurs de ceux que j'ai cru dépasser, que j'ai orgueilleusement humiliés en ne voulant voir en eux que des inconscients et des arriérés, me couvrent d'ignominie. Quelle belle revanche ils prennent ! Le dérisoire et l'ignorance savent se venger. Leur dénuement matériel ne vaut-il pas cent fois mieux que ma détresse morale ? Toute révolte, tout désir de me justifier sont vains : les faits me désavouent, puisque sans conteste, je me suis trompé.

Dans l'immense cruauté qu'est la vie, j'ai tout perdu. Sylvie est partie et je n'ai plus confiance en moi. J'ai encore moins foi dans les hommes. À quoi puis-je me raccrocher aujourd'hui ? Tout se dérobe sous mes pieds, tout m'est hostile, tout me contrarie. Où sont mes illusions d'autrefois ? Que reste-t-il de la grande œuvre que je voulais réaliser ? Belle leçon, en vérité, pour ma vanité. Tout aboutit au néant et tout ce qui fait l'orgueil de l'homme est sans valeur, puisqu'il n'est qu'éphémère.

Que penser de l'homme qui s'obstine à ne pas reconnaître sa petitesse ? Que dire de sa vanité ? Il veut tout comprendre, tout ordonner, tout contrôler, même dans les domaines où jamais il ne pénétrera. Alors qu'il s'ignore complètement, l'homme veut connaître ce qu'il est incapable de prévoir et de déterminer. Il se connaît uniquement sur un point : lorsqu'il s'agit de montrer qu'il est un loup pour ses semblables, et de bâtir sa fortune sur leurs larmes et leurs douleurs. Il tue, il massacre pour arriver plus vite à ses fins et satisfaire son instinct de domination. Il édifie ce qu'il appelle sa fortune sur la ruine des autres, et fait de son nombril le centre du monde.

J'ai voulu m'opposer à tout cela, nier l'évidence brutale et me bercer d'utopies, m'abreuver avidement aux mythes de la justice et de la liberté ! Tous ces grands mots ne servent qu'à abuser de la naïveté de ceux qui y croient. Se tromper pour mieux dominer, telle semble être la loi de l'homme.

Pour cette comédie, c'est fou comme l'homme sait se déguiser ! Jamais il ne paraît tel qu'il est et le rictus de haine, qui tord ses traits défigurés par l'envie, se pare des artifices d'une fausse humilité. Ses actes les plus justes sont teintés d'une abjection d'égoïsme et, bien souvent, ils n'existent que pour mieux égarer les aspirations conventionnelles d'une opinion aveugle.

Ah ! L'opinion publique… Cette puissance irresponsable et impitoyable ! Que de crimes recèlent ses cris d'indignation et sa soif d'équité ! Triste mégère toujours vigilante aux appels de la souffrance, que de choses humaines, que de sentiments purs, que de devoirs ne sacrifie-t-on pas pour mériter un peu de cet encens suffoquant qu'elle distille avec toutes les envies du monde ! Monarchie impure exercée arbitrairement ! Devant elle, plus de conscience, plus de dignité, plus d'honnêteté rigide et scrupuleuse ; tout sombre devant la plus méprisable inégalité. Elle est fuyante comme les désirs de ceux qui la fabriquent et la créent à coups de billets de banque et de mensonges.

Qu'on ose parler à nos coreligionnaires, de leurs intérêts réels, de la seule voie qui doit les mener au salut, ils réagissent aussitôt et ne veulent pour rien au monde renoncer aux systèmes non conformistes qui représentent l'opinion. Qui, parmi les Occidentaux, aurait le courage de renoncer à la stigmatisation de l'étranger, à la peur de l'autre, différent de nous ? Sylvie et moi, nous payons un tribut bien lourd aux exigences de l'opinion. Je l'aime encore de toute mon âme. Elle ne peut me haïr, mais nous sommes séparés à jamais. L'opinion nous a tués légalement.

Il n'y a rien à attendre des hommes. Une humanité meilleure est un leurre. Tout n'est qu'égoïsme, volonté de domination, arrogance. Le moindre bonheur est une immoralité. Que deviennent tous ces progrès dont on parle souvent dans les livres ? L'homme d'aujourd'hui n'est pas meilleur que son ancêtre des cavernes. Les réalisations scientifiques ? La somme des bienfaits est largement contrebalancée par le développement des engins de destruction. L'homme moderne a créé une civilisation qui est une immense illusion. Le mal est toujours ancré au fond de son âme et l'harmonie humaine n'est qu'une grandiose escroquerie intellectuelle, contraire à la vérité. Le pire, c'est que l'homme ne tire jamais les leçons de son passé ; il reste dans une sorte d'amnésie permanente.

Sur l'échelle des valeurs universelles, l'homme prétend tout connaître, tout expliquer, allant jusqu'à s'associer à des divinités faites à son image, pour soutenir son orgueil insensé. Le dieu qui mène les mondes, il l'a entrevu dans un éclair, mais c'est pour lui donner un visage où se reflètent toutes les bassesses du genre humain. L'idée d'un dieu unique n'a pas empêché la création d'une infinité de religions qui s'entredéchirent au nom même de celui qui les aurait créées.

De quel côté on se tourne, c'est le même gâchis, le même désarroi dans l'affirmation stupide d'une civilisation transcendante. Les hommes n'ont jamais su se doter d'un gouvernement durable. Les constitutions dont les peuples se sont dotés librement se succèdent dans un cercle vicieux où la liberté conduit à l'anarchie, l'anarchie au despotisme, le despotisme à ce que l'on appelle de nouveau la liberté. Les régimes démocratiques meurent de leurs excès et les dictatures, qui semblent être l'apanage de certains pays, ne dureront qu'un temps, celui de toutes les idéologies qui les ont précédées. Il n'y aura jamais rien de stable, de définitif ou d'harmonieux. Chacun est l'ami du gouvernement qui lui assurera des profits, et de l'ennemi de celui qui ne lui donnera rien.

Demander aux hommes de tenir la place que la nature leur a assignée dans l'immensité de la Terre équivaut à prêcher dans le désert. Ils savent pourtant qu'ils ne peuvent opposer à la fatalité des événements, que leur impuissance absolue. La compréhension de leur néant les aurait peut-être rendus meilleurs et les aurait détachés de toutes ces notions erronées que sont l'honneur et la gloire. Aux orgueilleux de méditer ce poème d'Alfred de Vigny :

Gémir, pleurer, prier est également lâche
Fais énergiquement ta longue et lourde tâche
Dans la voie où le sort a voulu t'appeler
Puis, comme moi, souffre et meurs sans parler.

18

Tout autre que Nazim n'aurait consenti, pour un motif assez explicable dans un ménage mixte, à perdre ce qu'il chérissait le plus au monde. La voix du sang avait parlé en lui et elle avait été plus forte que les suggestions de la raison. Un musulman se permet généralement tout à l'égard de son épouse, mais il n'admet pas la réciprocité dans cette façon d'agir. Le moindre oubli de l'épouse, le plus anodin écart de langage, l'intention la mieux dissimulée de bafouer l'autorité du « maître » placent ce dernier dans une situation que l'opinion ne manque pas de ridiculiser comme il convient. D'un excès de bonne volonté à une absence de dignité, le pas est vite franchi par les bien-pensants.

Nazim n'était pas resté dans les dispositions d'esprit de ses ancêtres. Il concevait la nécessité de concessions mutuelles dans les relations de deux êtres si proches l'un de l'autre. En la circonstance, il aurait certainement essayé de raisonner sa jeune femme si celle-ci avait été moins brutale avec lui. Malgré sa sincère intention de minimiser la révolte de Sylvie, il n'avait pas accepté l'humiliation, lorsqu'elle lui avait dit : *Je regrette de t'avoir épousé parce que tu es comme tes coreligionnaires, qui pensent que la femme est tout entière faite de mal, et la perçoivent uniquement comme un objet soumis au seul désir.*

Tout musulman convaincu, tout homme conscient de sa valeur et sensible à la différence comme pouvait l'être Nazim, devait relever le défi et aller jusqu'au sacrifice de ses affections. La conduite qu'il avait eue à l'égard de Sylvie durant le procès lui avait été inspirée par son amour. Quand elle aurait quitté la Turquie, elle redeviendrait maîtresse d'elle-même. La jeune femme, qui n'avait pas mesuré les conséquences de sa détermination, avait eu l'intelligence de ne pas protester et s'était soumise de bonne grâce au régime particulier qui lui avait été imposé durant la période des formalités du divorce.

Monsieur Martin avait raison : ils étaient faits l'un pour l'autre. L'effet du préjugé turc écarté, les conjoints se comprenaient mieux dans leur peine.

Nazim ne regagna pas immédiatement Kayaköy. Il essaya d'abord de se distraire, d'oublier et de s'étourdir en se jetant de nouveau farouchement dans l'action. Pour occuper son esprit, il entreprit donc une série de conférences à travers la Turquie. Hélas ! il déchanta très vite, car il n'eut devant lui que des interlocuteurs avertis, toujours prêts à critiquer ses idées. Il se fit laminer par les fanatiques retranchés derrière un semblant d'islamisme politique, qui raisonnaient sur les apparences et seulement les apparences, et manifestaient leur sainte indignation de voir un penseur s'efforcer de noyer l'Islam dans une collaboration digne des naïfs. Pour ceux-là, au lieu de soutenir les revendications de ses frères et aider à la régénération de l'islam qui prône le retour aux valeurs des « pieux prédécesseurs », il se jetait sans aucune retenue dans les bras des infidèles. Ses conférences réunissaient beaucoup de monde, mais donnaient lieu à des commentaires où le jeune penseur n'avait jamais le beau rôle. Pour le discréditer définitivement, les « militants » de la cause islamistes l'accusèrent d'être acheté par les autorités nationales et de travailler pour le compte de l'Occident, insinuant que seuls les fonds d'une caisse noire lui permettaient des déplacements aussi onéreux. Nazim sentit alors que son énergie ne pourrait jamais avoir raison d'une pareille campagne de calomnies. Une fois de plus, le mensonge avait eu raison de ses déterminations les plus sacrées. Il rentra donc bien vite à Kayaköy et se remit à ses affaires.

Le but principal du fils Volkan, comme on l'appelait dans le pays, était de gagner de l'argent pour subvenir à ses besoins. Sa réputation d'homme d'affaires intègre et prompt s'était solidement établie, mais il visait autre chose : la réussite totale de ce qu'il appelait sa « mission », et il était revenu, rempli d'amertume, de son périple en Turquie. Il ne se consolait pas de l'incompréhensible attitude de ces habitants qu'il avait cru pouvoir tirer des griffes des jeteurs de sorts, des vendeurs de sornettes, et qui se laissaient conduire vers l'abîme dont ils ne pourraient ressortir. Durant ses rares moments d'optimisme, il reprenait un peu confiance. Il attribuait la période d'affolement que traversaient les Turcs à la montée trop rapide des mauvaises consciences et il comptait sur les bonnes volontés restées saines pour mener à bien l'œuvre de regroupement qui devait présider à la véritable campagne pour le relèvement de tous. S'il formulait cet espoir sans grande conviction, il lui restait au moins l'avantage d'atteindre une sorte de sérénité fondée sur la résignation. Celle-ci l'aidait à supporter le vide qu'il sentait autour de lui.

L'éducation politique rationnelle du peuple était une tache de longue haleine, mais il avait foi dans le temps, ce grand guérisseur de la société. Malgré le feu sacré qui l'avait dévoré, Nazim finissait comme tant d'autres, par apprendre que rien n'arrive seul et que la nature se venge cruellement de ceux qui veulent la violenter ou la dompter.

De son côté, même si elle était libre, Sylvie n'était pas heureuse. Son brusque retour avait surpris le village. Les braves gens que Nazim avait conquis concevaient difficilement un grave écart commis par le prince Aladin. Au contraire, ils attribuaient la responsabilité de la séparation aux caprices de l'inconstante Sylvie, l'enfant terrible qui les avait toujours déconcertés par son humeur changeante. La réserve qu'on manifestait à son encontre l'affectait terriblement et les perspectives restreintes de sa nouvelle vie la déprimaient, au point d'inquiéter son père. Elle s'interdisait toute relation depuis qu'elle avait remarqué le genre de reproche qui nuançait les regards de ceux qui lui parlaient de la Turquie et de son ex-mari. Elle se renferma sur elle-même et, seule face à son récent passé, elle sentit naître en elle une insurmontable indignation.

Une année s'écoula et Sylvie ne se remettait toujours pas. Ni les longues promenades au bord de la rivière tranquille ni l'activité fiévreuse qu'elle déployait dans ses moindres actes ne ramenaient un peu de paix dans son âme tourmentée. Elle croyait par moments avoir chassé le douloureux rappel des heures dont elle sentait maintenant tout le prix, puis le passé surgissait subitement, plus pressant, projetant sur la grisaille du village natal, le souvenir de la chaude clarté turque. Elle mordait alors en silence le petit mouchoir que ses mains amaigries pétrissaient fiévreusement et s'abandonnait à son désespoir.

C'est à ce moment-là que le jeune Marcel entra dans sa vie. Ce compagnon d'enfance, qui l'avait aimé sans avoir eu le courage de le lui dire, était revenu d'une petite sous-préfecture de l'est, où il travaillait au service des impôts pour régler des problèmes d'intérêts familiaux.

Il connaissait l'histoire de Sylvie et, en la revoyant, son rêve d'autrefois le hanta de nouveau. Il disposait de fort peu de temps, mais il mit à profit les quelques visites qu'il rendit à la divorcée pour lui faire comprendre qu'elle avait toujours été pour lui plus qu'une camarade de jeux. Avec ses démarches embarrassées, il était touchant, mais Sylvie tint à être franche :

— Marcel, comment veux-tu que je vive avec toi, alors que je ne t'aime pas et que je ne pourrai jamais t'aimer ? lui demanda-t-elle d'une voix douce.

— Je sais… Le temps a passé. Tu as changé, mais moi, je suis toujours le même. Tu as souffert et tu souffres encore. Tu ne veux pas oublier ce qui a été pour toi, comme un cauchemar, et m'aider à créer un foyer ? Je saurai ramener la paix en ton cœur et, peut-être, pourras-tu m'aimer un jour !

— Non, Marcel. Laisse-moi à mon triste sort. Je suis touchée par ta tendresse, mais, crois-moi, je ne mérite pas ton affection. Je ne savais pas que je représentais quelque chose pour toi. On juge souvent les personnes sur des apparences et j'aurais pu trouver ici le bonheur que je suis allé chercher bien loin. Mais je ne suis pas la femme de tes rêves et je ne veux pas qu'un jour, tu puisses regretter d'avoir épousé un fantôme qui ne veut pas se séparer de ses souvenirs.

— Sylvie, il n'y a pas que du désespoir dans l'existence ! Nous sommes encore jeunes et le temps effacera doucement ce qui te paraît aujourd'hui inoubliable. Je ne te demande rien pour l'instant, si ce n'est de vivre tout près de moi. Réfléchis… Je reviendrai te voir une nouvelle fois avant mon départ. Quelle que soit la décision que tu prendras, je tiens à te dire que je continuerai de t'aimer et d'être hanté par l'image de la Sylvie que j'ai toujours connue.

— Reviens si tu le désires, mais ne compte pas sur une décision que je ne peux pas prendre. Vis d'illusions si tu veux, mais c'est la triste réalité : je ne peux plus frissonner au chant de l'amour.

Sylvie était bouleversée malgré tout. Finalement, la proposition du jeune Marcel pouvait l'aider à échapper à l'enfer moral qu'était désormais sa vie. Sa situation empirait même de jour en jour. Les bonnes gens la boudaient de plus en plus et la vieillesse soudaine de son père n'arrangeait pas les choses. En effet, Monsieur Prost avait sombré dans une mélancolie profonde et son plus cher désir était de pouvoir mourir en paix. Il se confia un soir à sa fille :

— Il te reste un devoir à remplir : permets-moi de finir mes jours tranquillement et de partir en paix. Marcel m'a laissé entendre que tu serais pour lui la compagne idéale. Je l'ai connu tout petit. C'est un brave cœur qui fera certainement ton bonheur. Ce que je te laisserai ne te sauvera pas de la gêne, car tôt ou tard, il te faudra travailler. Accepte au moins d'assurer ton avenir matériel.

Cette prière paternelle, jointe à ses propres réflexions, décida Sylvie à épouser Marcel. Son père retrouva son apaisement et le village en fut heureux pour lui. Aux dires des bonnes gens, la chance de Sylvie persistait.

Les choses s'enchaînèrent rapidement et le couple regagna aussitôt sa résidence dans l'Est. Marcel connaissait parfaitement celle qui avait enfin consenti à partager sa vie. Ce n'était pas en la froissant ou en heurtant ses sentiments qu'il l'amènerait à l'aimer. Il s'efforçait donc de dissiper les tristesses qui assombrissaient l'humeur de son épouse et celle-ci, souvent touchée par la délicatesse de son mari, essayait d'y répondre en lui offrant un peu de son enjouement d'autrefois.

— Ne prête pas attention à mes crises, lui disait-elle. Elles passeront avec le temps !

Hélas ! le temps n'arrangeait rien. Marcel lui témoignait une grande affection, mais il restait à ses yeux un être trivial, parcimonieux, trop terre-à-terre, tout juste capable d'offrir un modeste bonheur à une jeune paysanne ignorante des grandes jouissances de la vie. La maisonnette aux meubles baroques qu'il appelait « leur nid » lui devenait odieuse et la méticulosité avec laquelle Marcel épluchait leurs comptes, lui donnait la nausée. Comme elle était loin des splendeurs de la vie turque ! Son avenir lui paraissait aussi gris que le mur qui se dressait devant la fenêtre de son obscure cuisine. Morne et sans espoir. Elle étouffait dans une existence réduite aux gestes les plus élémentaires, aux habitudes les plus monotones. Durant les après-midi du rude hiver de l'Est, dans la demi-obscurité qui descendait du ciel bouché, elle sentait son corps se vider de toute substance, comme si son sang s'écoulait d'un coup d'une blessure profonde. Elle ne pleurait pas, mais un hoquet perpétuel contractait sa gorge.

Marcel n'aimait pas les visites. À peine rencontraient-ils, le dimanche sur la place, quelques collègues de bureau et leur famille à l'heure du concert hebdomadaire. Ils se rendaient au théâtre le samedi soir, mais comme le rappelait Marcel, il ne pouvait en être question « d'incartades ».

— Je mène une vie beaucoup plus aisée que celle de mes parents paysans, disait Marcel. J'ai des loisirs et ça me suffit. Je ne veux pas travailler pour enrichir les restaurants et les marchands de plaisirs !

Les désirs mondains de Sylvie furent donc vite réprimés par son époux. Elle ne le regrettait pas trop, car si elle avait accepté d'être l'épouse de Marcel, ce n'était pas seulement pour exaucer les souhaits d'un père sur le seuil de la tombe, mais pour se punir d'avoir stupidement brisé une vie d'amour. Marcel savait qu'elle avait mené en Turquie une existence luxueuse. Ce qu'il lui apportait n'était donc rien à côté de ce qu'elle avait connu. Aussi, lui était-il reconnaissant de faire preuve d'une telle résignation, d'accepter cette vie modeste et d'accomplir convenablement ses devoirs d'épouse. Il l'aimait davantage. En apparence, le ménage Marcel était heureux.

En fait, la sérénité que Sylvie cherchait maintenant avec une application presque maladive ne lui revenait toujours pas. Nazim hantait plus que jamais ses pensées et l'image de celui qu'elle aimait encore s'affichait de plus belle sur les doux et charmants tableaux de sa vie passée.

Le fils de Volkan avait été informé par Monsieur Martin de la nouvelle union contractée par son ex-épouse. À cette occasion aussi, Sylvie avait tenu à lui écrire, comme pour marquer la première étape de son calvaire. Nazim lui avait répondu ceci :

Je vivais notre histoire au jour le jour, je ne m'attendais pas à ce qu'il y ait une fin. Nous avons vécu des moments de complicité, des moments d'amour et aussi des moments de crises... J'aimerais pouvoir te dire que je vais bien, *mais ce serait te mentir. Le temps passe, on me dit que la plaie finira par s'estomper, mais je ne vois pas de fin à ce foutu cauchemar. Le mot bonheur existait en moi, mais il ne signifie plus rien.*

Ce petit mot eut sur Sylvie l'effet d'une bouffée vivifiante, l'effet d'une douce brise. Cette lettre venue de si loin apportait le souffle exaltant des grandes hauteurs. Un échange de correspondance s'établit alors entre les ex-conjoints. Marcel ne voulait pas priver sa femme d'un plaisir qu'il jugeait innocent : Nazim et Sylvie étaient si éloignés l'un de l'autre et les lettres échangées, si correctes ! D'ailleurs, on ne lui cachait rien. Deux grands amis s'aidaient tout simplement l'un l'autre pour mettre un peu de douceur dans leur solitude, rien de plus.

Puis, un soir, on ramena à la maison le corps de Marcel. Il était allé dans l'après-midi faire une tournée à bicyclette. Un automobiliste l'avait heurté et il était décédé sur le coup. Sylvie pleura sincèrement celui qui avait essayé maladroitement de lui donner un peu de joie et d'oubli.

Qu'allait-elle devenir, désormais ? Elle avait commencé à se faire à sa nouvelle existence, elle avait accepté les sentences du destin et la fatalité la frappait à nouveau cruellement. Elle retourna donc chez son père.

Au village, on lui témoigna un peu plus de sympathie et de compassion que lors de son premier retour. Par contre, ses journées lui paraissaient accablantes et extrêmement longues. La jeune fille narquoise d'autrefois avait de la peine à se reconnaître dans la femme aux traits tourmentés qui tournait désespérément ses regards vers quelque chose d'inaccessible.

Les premiers jours de juillet virent le retour de Monsieur Martin. Lorsque Sylvie revit ce beau visage, hâlé par le soleil d'un pays lointain qu'elle n'espérait plus contempler, elle sentit ses membres crispés se détendre d'un seul coup. Elle ne lui cacha rien : ni les regrets qui la torturaient ni le désespoir qui ne la quittait plus. Elle avait permis à ceux qui ne lui étaient rien, de lui enlever ce qui lui était tout. Elle avait laissé à d'autres le soin de définir son propre bonheur, et elle le payait chèrement. L'odieuse prétention des briseurs de rêves, l'orgueil criminel des personnes avides de pouvoir qui, au nom d'un vague sentiment identitaire, prétendaient défendre la pureté des sangs ! Elle les connaissait, à présent, ces vertueuses vestales du monde moderne, ces intraitables et vieilles déesses préposées à la garde de la virginité occidentale, qui s'en vont dans la nuit demander aux beaux mâles ce que leurs maigres partenaires à la peau trop blanche ne savent plus leur donner ! Cracher de dégoût sur ce que l'on désire ardemment en un endroit intime de son corps, c'était donc à cela qu'il fallait souscrire pour avoir droit au bonheur ? Parce qu'elle avait osé étaler son amour pour un homme qui n'était pas de son identité, l'opinion de gens bien-pensants l'avait traquée comme une bête dangereuse jusqu'au moment où, vaincue par des flots de mensonges, elle avait été rejetée, meurtrie sur des rivages familiers.

Monsieur Martin l'écoutait sans intervenir. Que pouvait-il faire à présent ? Ses avis ne serviraient à rien. Tout ce qu'il pouvait lui conseiller, c'était d'espérer.

Quelques mois plus tard, son père décéda à son tour. Elle connut des vagues d'émotions, d'angoisse et de tristesse, puis de la frustration et de la colère, puis à nouveau du désespoir, de la solitude, du vide…

Elle quitta ses habits de deuil un an plus tard et disparut brusquement. L'héritage laissé par son père et la liquidation de la succession de son mari lui avaient rendu l'aisance d'autrefois.

Aux curieux du village, sa tante répondait que Sylvie faisait un long voyage.

Du pont du paquebot qui la ramenait au pays de son premier mari, Sylvie contemplait dans la lumière de cette fin de journée printanière l'immensité de la capitale turque sur laquelle dansait mollement un léger voile bleuâtre. Les verdoyantes hauteurs de *Sarıyer*, situées sur les rives du Bosphore à Istanbul, rayaient d'une ligne sombre le ciel d'un bleu profond.

Pour le visiteur, Istanbul semble baigner dans une lumière magique. Le temps s'arrête et procure un sentiment rassurant devant ce décor naturel et devant les pécheurs accoudés au pont de Galata, au-dessus de la Corne d'Or qui se jette dans le Bosphore. C'est fascinant, car, chaque monde ici a ses propres règles et l'on se trouve sans cesse dans de nouvelles situations qui nous confrontent à la vie à travers les perspectives les plus diverses. Le scintillement d'Istanbul a inspiré beaucoup de poètes.

Sylvie inspira à pleins poumons l'air tiède qui venait de la côte et retrouva les émotions de son premier voyage lorsque, suspendue au bras de Nazim, elle l'écoutait chanter les beautés de son pays. Ce chant renaissait doucement. C'était un moment délicieux, une minute d'enchantement qui lui gonflait le cœur d'espoir et d'amour. Elle espérait retrouver dans ce pays merveilleux, auquel elle était restée attachée, le bonheur qu'elle n'avait fait qu'entrevoir.

À la descente du bateau, elle fut heureuse de revoir ces porteurs de valises accrochés aux basques des voyageurs, leur proposant avec des cris perçants, l'aide de leurs fragiles épaules. Elle en appela plusieurs pour emporter ses bagages dans la voiture qui l'attendait et elle écouta longuement la voix rugueuse du muezzin qui avait si souvent déchiré ses oreilles, mais dont les intonations décalées prenaient aujourd'hui la forme d'une symphonie captivante. Ses mauvais souvenirs se dissipèrent soudain comme des angoisses lointaines.

À l'hôtel Pera Palace, où elle était connue lorsqu'elle était encore l'épouse de Nazim, elle fut reçue avec égards et les jours s'écoulèrent ainsi dans une ivresse nouvelle.

Un soir, elle s'habilla avec élégance et se rendit à la gare. Là, elle se fraya un passage dans le flot des arrivants et aborda sans hésiter un homme grand, élégant et quelque peu distrait : c'était Nazim. Il déposa un baiser sur la joue qu'elle lui tendait, puis Sylvie se pendit à son bras comme elle le faisait autrefois.

— Tu sais que j'ai failli ne pas venir ? lui dit-il. Ce que nous faisons me semble hasardeux. Nous nous exposons à nouveau aux rigueurs de l'opinion que tu connais à présent.

— Pourquoi cela ? Nous n'avons pas le droit de nous revoir en amis ?

— Le monde n'est pas sensé de pénétrer les convenances personnelles des individus, Sylvie. Il juge sur des apparences. Or, celles de nous trouver ensemble dans cette voiture nous condamnent.

— Tu sais que tu étais plus courageux auparavant, Nazim ? J'ai l'impression que tu vieillis prématurément.

— Dis plutôt que l'expérience m'a enlevé beaucoup de ma certitude d'antan.

La voiture arriva bientôt à l'hôtel, où un salon particulier leur était réservé.

— As-tu parlé de nous deux à Monsieur Martin ? demanda-t-elle, sitôt qu'ils furent à nouveau seuls ?

— Oui. Et même très longuement.

— Qu'as-tu décidé ?

— Rien de bien précis. Conviens que la situation est assez embarrassante.

— Il serait peut-être temps de savoir ce que l'on veut, et se décider.

— Je te revois avec une joie que tu ne peux soupçonner, Sylvie. Je peux même t'avouer que mon amour pour toi est intact. Toutefois, j'ai horriblement peur. Peur de moi, mais surtout de toi. Tu m'as tant fait souffrir !

— Je sais, Nazim, et crois-moi, j'en ai été bien punie. Ma conscience ne m'a laissé aucun répit et m'a sans cesse reproché notre séparation stupide. Je n'ai passé que de forts mauvais jours loin de toi, crois-le sincèrement !

— Si je l'avais su, j'aurais souffert davantage. J'aurais souffert pour deux.

— Le plus grand mal que tu as pu me faire, c'est de m'avoir dit, lors de notre séparation, que nous étions les tristes victimes du préjugé turc. Je n'avais pas compris ce jour-là ce que cela signifiait. Après, c'était trop tard !

— La situation n'a pas changé. Si tu prêtes à nouveau l'oreille aux ragots que nos anciens proches vont colporter à nouveau sur nous, tu subiras de nouvelles crises.

— De ce côté, tout est bien fini : on m'a trompé une fois et c'est plus que suffisant. J'entends profiter de la leçon pour le reste de ma vie. Je ne te pose qu'une question Nazim : es-tu capable de me pardonner ?

— À ton avis ? Serais-je ici si je ne l'avais déjà fait ? J'ai trop d'amour pour toi, pour refuser un pardon si gracieusement et si aimablement demandé. Je ne te demande qu'une chose…

— Laquelle ?

— Que tu ne retombes plus dans tes premiers travers et que tu ne me fasses plus jamais sentir la différence de nos cultures.

— Je t'aime Nazim. J'aime ta culture, j'aime tout ce qui te touche. Je sais maintenant et j'ai compris. Ce sont de vieilles histoires qu'il ne faut plus réveiller.

— Je veux bien te croire.

— Qui m'a ramenée ici, Nazim ? Qui m'a fait quitter mon village et mon pays, si ce n'est toi ?

— J'en suis conscient.

— Alors ?

— Alors, essayons alors de retrouver ce que nous avons si bêtement failli perdre. C'est comme si tu avais fait un très long voyage… Nous dirons cela à nos amis.

— Tu vois, Nazim ? Avec un peu de compréhension, tout finit par s'arranger et il est impossible de résister à notre amour.

— N'allons pas trop vite. Il ne peut s'agir entre nous d'un remariage officiel. Du moins, pour le moment. Nous continuerons à vivre ensemble publiquement et honnêtement, sans aucune pression. Nous ne prétendrons à rien dans la ferme de Kayaköy, à moins que des enfants arrivent. En ce cas, ils prendront leur rang dans la succession.

— Je n'ai jamais été intéressée. Je le suis encore moins aujourd'hui, que j'ai ce qu'il faut pour vivre. Je dois donner des preuves de ces certitudes, je le sais. Je suis prête à tout accepter, pourvu que nous soyons ensemble.

Ils se levèrent. Nazim allait prendre congé. Debout devant elle, il lui présenta maladroitement une main qui tremblait un peu. Sylvie l'attira aussitôt contre elle.

— Veux-tu m'emmener dans ta chambre comme la première fois ? lui murmura-t-elle dans un souffle ?

Fou de joie, Nazim la prit dans ses bras et la berça doucement comme on berce un enfant.

— Est-ce possible ? dit-il à son tour. Est-il vrai que je t'ai retrouvée ? Ne suis-je pas en train de rêver ?

— Non, répondit-elle. C'est seulement ce qui s'est passé autrefois qui est un mauvais rêve.

Ils passèrent des instants délicieux durant plusieurs jours à l'hôtel, dans les douceurs d'une Istanbul caressée par le renouveau. Puis, Nazim dit subitement à Sylvie :

— Nous avons été incorrects avec Monsieur Martin. Nous ne lui avons même pas envoyé un petit mot !

— Il doit se douter que nous avons été très occupés, répondit la jeune femme avec un sourire radieux. Il est si bon !

— Si nous allions le surprendre ? Il mérite bien ça !

Monsieur Martin les revit avec joie. Ils parlèrent très peu du passé, mais beaucoup de leur avenir.

— Vous n'avez pas à vous cacher, leur dit-il. Vous reconnaissez tous les deux que vous vous êtes trompés, l'essentiel est de ne plus commettre les mêmes erreurs. Votre réconciliation démontre tout simplement que vous éprouvez beaucoup d'amour l'un pour l'autre. Vous avez accepté un sacrifice peu ordinaire. Votre honneur est intact et les honnêtes personnes ne trouveront rien à redire. Vous avez chèrement payé votre bonheur actuel, vous avez donc le droit d'en jouir.

— Il reste une question importante à régler, Monsieur Martin, répliqua Nazim.

— Laquelle ?

— Nous ne pouvons pas vivre dans les mêmes conditions qu'autrefois. Nous devons nous organiser autrement.

— Je sais que les nouvelles règles que vous avez adoptées sont sages. Elles heurteront ceux qui ne vous connaissent pas, mais je crois que vous ne vous êtes pas retrouvés pour vous laisser influencer par la calomnie, les préjugés et l'envie.

Sylvie tenait absolument à revoir Kayaköy. Au retour d'une longue promenade dans le jardin embaumé par l'odeur des jasmins qui balançaient doucement leurs petites têtes blanches dans la brise tiède du soir, Nazim évoqua leur nouvelle vie.

— Pourquoi dis-tu « nouvelle » ? demanda Sylvie. Avons-nous besoin de changer nos habitudes ? La ferme, le village, ton travail, et moi toujours à tes côtés, ça ne te suffit pas ?

— Non, ma chérie, ce n'est pas suffisant. Nous ne pouvons pas vivre en Turquie sans courir de risques. Je veux mettre notre amour à l'abri des désillusions que tu as suffisamment connues. Nous ferions mieux d'aller vivre au Canada, loin des préjugés de race et de religion. On dit là-bas qu'il y a de braves gens qui ne feront pas attention à nous.

— Tu crois qu'il est nécessaire de quitter la Turquie ?

— C'est indispensable pour notre tranquillité. Je ne veux plus avoir à compter avec ce que diront ou penseront les fanatiques des tous bords, car, malheureusement, il y en a autant chez toi que chez moi.

— Où irions-nous au Canada ?

— À Montréal, la capitale de la province de Québec. C'est une ville francophone où l'on peut cacher aisément ce que l'on craint de perdre.

— Mais dans ce cas, tu devras travailler ?

— Eh bien ! je travaillerai. J'arriverai bien à dénicher un emploi qui nous fera vivre, nous et nos enfants. Pourquoi pas comme agriculteur, finalement ?

— Ah ! non. Je ne veux pas que tu sois employé ou fonctionnaire. Tu perdrais ta belle indépendance !

— Pourtant, il faudra bien vivre !

— Nous vivrons avec ce que j'ai.

— Écoute… Avec ce que tu possèdes et mes économies, nous pourrons acquérir une terre que nous cultiverons ensemble, comme l'a fait mon père.

— Nous sommes si bien en Turquie, mon chéri !

— Nous y reviendrons dès que nous le pourrons. Cependant, il faut que tu me promettes une chose, mon cœur.

— Dis toujours…

— Tu me rappelleras à l'ordre et tu ne permettras plus d'être le jouet de « généreuses illusions ». Je ne tiens plus à me battre contre des moulins à vent.

— Tu as raison. Pour nous, il n'y a pas d'Orient ni d'Occident, nous avons un pied dans l'un et dans l'autre. Comme tu dis, nous les aimerons tous les deux, et cela sera suffisant.

— Tu as très bien résumé, ma chérie. C'est la raison pour laquelle tu m'as inspiré à t'offrir ces quelques vers :

Le baiser éthéré
À l'effluve charmé
Et condensé ;
Les nues esquissées
Sur un trait attrayant ;
L'aisance gracieuse
D'une essence capricieuse ;
Le haro soupiré et infusé
Par une romance exhalée ;
Assécher la soif
Avec d'autres baisers.

Imprimé en France
Achevé d'imprimer en février 2025
Dépôt légal : août 2024

Pour

Le Lys Bleu Éditions
40, rue du Louvre
75001 Paris